集英社オレンジ文庫

# 世界、それはすべて君のせい

くらゆいあゆ

# 世界、それはすべて君のせい

CONTENTS

世界、それはすべて君のせい
World, It's all because of you
くらゆいあゆ

# 1

金曜日の朝が好きだ。

なのに……。

「頭いてー、飲みすぎ？　てか」

ヤな夢見たわー、と、俺はのっそり起き上がって頭をぐしゃぐしゃと掻いた。

「うわ！　貴希《たかき》が起こされなくても起きた！」

十二畳のフローリングに薄いマットレスを敷いただけの部屋で、一緒に雑魚寝《ざこね》をしていた遼平《りょうへい》はすでに起きていた。

「悪寒《おかん》のするヤツの夢をみた」

「誰の夢？」

「えと……誰？　あいつだよ」

「知らねえよ、どいつだよ？」

「うー、名前が出てこなくて気持ちわりい。こないだケンカしたやつだ」

「ああ！　あれか」

「そう、それだ」

「あれだろ？　顔に似合わずめっちゃ性格悪くて有名な女！　えーとな、名前がナントカマハ」

「そうだ、それそれ！　ナントカマハ」

「思い出した。村瀬《むらせ》真葉《まは》だよ」

「遼平、すげえな。そうだった」

「俺、記憶力半端《はんぱ》ねえからな」

「俺は超半端だな」

どうでもいいやつは特にな。でもまあ、寝起きじゃなければ出てきた名前だな。

「っていうか貴希がついこの間大ゲンカした相手だから覚えてるんじゃんか。その後ラウンジでぎゃんぎゃんわめいてたろ？　まあもとから有名だしな」

「そうだったっけ」

神谷《かみや》遼平の部屋は、多少しゃれているとはいえ、作りはやっぱり学生用のワンルームだ。それでも落合《おちあい》駅徒歩一分、家賃九万五千円の白っぽいフローリングには、銀色の朝日が眩《まぶ》しくしたたり落ちていた。

「俺、顔はけっこうタイプかも。あの肩くらいのふわふわの髪、似合っててかっわいいじゃん」

「遼平、あいつの性格知ったら可愛いなんて別次元の単語は絶対でてこねえぞ」

「ふぅん。そんなヤな夢だったたんだ?」

「そう、えー……どうだっけ?」

「テキトー」

遼平はケケケと笑った。


昨日は大学の映画サークルＥＤＧＥ《エッジ》の仲間と夜遅くまでロケに使う場所を歩いて探すロケハンてやつをやっていて、そのまま落合にある遼平のマンションに転がり込んだ。

夜中の二時か三時まで、男四人で頭を突き合わせ、ビール片手にロケ地候補の写真をスマホ画面で吟味《ぎんみ》する。

ロケ地や脚本についてああでもないこうでもない、と終わりの見えない議論を繰り返し、そのうち誰かが寝落ちする。一人が落ちるとあとは時間の問題だった。

親が地方の金持ちらしく一人暮らしにしては広くて小ぎれいな遼平のワンルーム。真ん中にあるローテーブルのまわりにバタバタと男が四人倒れ込む。

木曜日の夜にありがちなパターンだけど、翌朝の金曜日にもちゃんと大学の授業はある。ただエッジのメンバーのほとんどが、金曜日に一限を入れていなかった。それが木曜日にロケハンや集まりが多い理由だ。

えらいもので、遼平はどんなに寝たのが遅くても、ちゃんと二限の自分の授業に間に合うように起きるのだ。

「よー、行くぞ」

「俺はもう起きたよーん、ほら孝輔《こうすけ》、ナオ、行くぞ」

「……おう、え、貴希、早……めずらし」

「んー……」

俺もいつもは他の二人、桜井《さくらい》孝輔や上田直幸《うえだなおゆき》（通称ナオ）同様、遼平に裸足《はだし》のつま先でちょんっと蹴飛ばされて起きるのが恒例だった。

明け方の妙にリアルな夢で起きたけれど、眠いことに変わりはない。

昨日の夜のテンションはどこへやら、四人ともほぼ無言で着替え、亡霊の行進のような足どりでエレベーターに乗り込む。

一人暮らしの仲間の中でも、遼平の家がたまり場になっているのは、ひとえにエレベーターがあるという理由によるものなんじゃないか。

大学から遠ければそれもない話だけど、遼平のマンション、シャイン落合は駅前にあり、電車に乗ってしまえばゴールまでは十五分。

すしづめの東西線《とうざい》に乗り込み、大学の最寄《もよ》り駅で大量の学生が吐き出される。意識して歩かなくても目的地に運んでくれる流れがちゃんとできている。

通路には人があふれ、毎日が受験日なんじゃないかと思うほどのすごい人数の学生が、もくもくと歩いている。

正門は広くて開放的なのに、駅に近い南門からかなりの学生がキャンパスに入る。緑あざやかなイチョウの並木道はお世辞にも広いとは言えず、両側に政治的なスローガンや、演劇の舞台案内の看板が二、三メートルおきに立っている。

大量の人間。行軍のような規則正しいスニーカーや、時々はパンプスの靴音。うっかりすると前を行く学生のかかとをふんづけそうな大渋滞だ。

黒いリュックの人の波から視線をあげれば、目に痛いほどの新緑と、梅雨《つゆ》の合間の高い青空が見える。

ようやくまともに働き始めた視神経が、これはとてもきれいなもので、あなたはたいへん幸せです、と情報を俺の脳に送ってくれる。この瞬間が俺は好きだった。

だから金曜日の朝が好き。

「じゃーあとでな」

大きな分かれ道で俺は他の三人に手を振った。

「おう」

「ラウンジでなー」

「いいな……貴希」

遼平と孝輔に続いて、まだ眠そうに目をこすっているナオがうらめしそうな声を出す。

短い並木道を右に折れるとすぐ、足首まであるマントのおじさんのどでかい銅像が迎えてくれる。俺はその脇を通過する。

駅からの流れの一人一人が目的の建物に入り、散り散りになってばらけ、徐々に渋滞は解消される。

俺は、南門から続く狭いイチョウ並木より少し広い並木道をまっすぐ北門に向かって進んだ。

北門を出て、道路を挟んだ大学付属図書館の敷地内に入る。そこも通過だ。

渋滞するキャンパスを縦断して新目白通《しんめじろ》りに出ると、目と鼻の先にある都電荒川線《とでんあらかわ》の始発駅に向かう。

東西線の駅で降りて大学を突っ切り、荒川線の同じ名前の駅から路面電車に乗り込む。雑司ヶ谷《ぞうしがや》にある自分の小さなアパートで眠るためだ。

荒川線を使っている学生は東西線に比べて、同じ駅名がついているのがかわいそうなくらい少なかった。

荒川線の雑司ヶ谷の駅を降りると、すぐに巨大な雑司ヶ谷霊園が姿を見せる。

縦横に整然と張り巡らされた道の中でも、とりわけ広い車道を歩く。霊園の反対側に出るための最短コースだ。

十分ほど歩くと遼平のマンションとは家賃も設備もまるで違う、外階段二階建ての俺のアパートが現れる。

まるで違うけど、陽あたりの良さだけは「シャイン落合」に匹敵するものがあり、うまい具合にこっちの名前も雑司ヶ谷光荘《ひかりそう》だ。

俺が栃木《とちぎ》の田舎町から大学に通うために上京した時、どうして東西線じゃなく荒川線を選んだのか、それはただただこの雑司ヶ谷が気に入ってしまったからにほかならない。

雑司ヶ谷という町は、こんな都会にありながらどこか故郷の栃木に似ていた。具体的にどこというわけではなく、たぶん空気が。

都電荒川線は一両編成で、いまだに発車の合図がチンチーンという鐘の音。町の喧騒《けんそう》がやわらかく、景色の粒子は粗《あら》い。それが優しく温かく、懐《なつ》かしい陰影を生む。

遅れ気味で始めた住居探し。にもかかわらず飛び込んだ不動産屋で、築三十年外階段二階建ての畳一間で家賃が手の届く四万円の部屋が、都心に近い場所で空《あ》いていたことに運命を感じて住み始めた。

ただ雑司ヶ谷からの通学路は、圧倒的にうちの大学らしさに欠けていた。大きな誤算だ。

ほとんどの学生が大学を挟んで反対側にある東西線の駅から、南門のイチョウ並木を通ってキャンパスに入る。

大学の中心のような交差点で学生を見下ろし続けるあのシンボル的存在の長マントおじさんの銅像だって、完全にそっち寄りだ。

木曜の夜に映画サークル、エッジのメンバーで集まり始め、遼平の家から登校するようになってからは、南門から入るバリバリにうちの大学の学生らしい朝を迎えられる。一週間に一度くらいはそういう朝があってもいい。

大半の学生同様、俺は結局自分の大学が大好きだった。

「マジでだりーわ。なんだろ今日は」

毎週こんなにだるかったかなと首をまわし、外階段を重い足どりで上がる。

三限に授業は入っているけど、それは今年落とすことに決めている。アパートで一眠りしてから大学に今度は荒川線で向かう。

狭い畳敷きの部屋にひっくり返り、そのまま目を閉じると、なぜだか今朝がた遼平の家で見た不愉快な夢の続きに吸い込まれていきそうだった。

それでも俺は目を開けなかった。単純に眠かったのが一番の理由だけれど、あの夢の続きを見てもいいような気がしていた。

夢は不思議だな。ごくたまに自分とあまりに関係の薄い、例えば名前も覚えていない中学の同級生が登場したりする。

今朝がたの夢だってそんなものだ。

とにかく性《しょう》に合わない最低な女で、俺の睡眠に侵入したこと自体が不愉快……以上に純粋に驚きだった。

夢の内容はまったくと言っていいほど覚えていないのに、感覚としてやたらとリアルな上に現実離れしてソフトだった。それが俺を混乱させ、一度はちゃんと起きた俺を再び夢の世界に引きずり込む。マイルドでもの静かな夢だった。

眠くてまぶたを開けていることができないくせに、脳の一部がショートして煙をあげそうなほどにきりきりと鮮明だった。

そうそう、確かに名前は村瀬真葉だった。あのちょっとしたいざこざで正確に名前を知ることになった法学部語学クラスの癌《がん》だ。

村瀬真葉はどうやら桁外《けたはず》れの金持ちらしい。田舎から出てきてこの大学を受験した俺とは違う。

語学クラスは人数が少なく、担当の橘《たちばな》教授がくだけた感じの人で、メンバーにも面白い人間が多い。すぐにみんなが意気投合した。

教室が小さいこともあって、高校のクラスのような気やすいノリが色濃く残っている。

ここで仲良くなった友だちの何人かは、エッジにも入ってくれている。木村雄吾《きむらゆうご》もその一人だ。

反対に雄吾に誘われて俺はフットサルサークル「モルゲン」にも所属、そこで身体を動かしている。ちなみにモルゲンは男女混合、参加自由型のゆるいサークルで、毎週日曜日に高田馬場《たかだのばば》の公園で活動している。

とにかく最高にいい雰囲気のクラスなのだ。

ただ一人、その空気をぶち壊しにする人物がいることを除いて。

村瀬真葉は金を持っている上に遼平が今朝言っていたとおり、それなりに容姿に恵まれていなくもないかもしれない。


暑ーい、誰か空調みてきなさいよ。

プレミアムコーヒー買ってきてって言ったじゃない。ていうか、これ泥水?

わたしぃ、窓際《まどぎわ》じゃないと蕁麻疹《じんましん》でちゃうから代わってくれない?


友だちのブランド物のトートバッグから新品の水のペットボトルを勝手に取り出し、もらうわねーと、おざなりに断って返事も待たずに封をねじ切って開ける。ごくりと一口飲んでは、まずーいフランス産じゃないのね、とラベルを見ながら文句を垂れる。

水がフランス産かどうか以前に、お前が国産なのが日本の恥だろ、とあきれながら背を向けたこともあった、と思い出してきた。

大学生まで年齢があがれば、さすがに靴を池に投げ込むとか他人のプライベート画像をネットに流出させるとか、そういうあからさまないじめが問題になることはなかった。

でもあの女は高校くらいまでは絶対にやっていたタイプに思える。

改めて考えてみれば、あそこまで空気を読まず自分勝手に行動できる人間は、いっそすがすがしくてある意味尊敬の念すらおぼえる。

村瀬真葉のまわりには派手な女子がいつも取り巻いているけれど、友だちというよりはお付きの者にしか見えない。どうしてあんな女のお付きをしているのか、まったくもって理解不能だ。

それでもまあ別によかった。しょせん俺にはなんの関係もなく、これから先も関わるつもりは爪の先ほどもなかったからだ。

俺にとって、村瀬真葉は性格が自分史上最悪の女。ヤツの周りの人間にいたっては同情と憐《あわ》れみと、バカなのか？　の疑問対象の存在。ただそれだけだった。

ヤツがいるだけで、明るいクラスに泥水が染《し》み出し、液状化現象でドロドロのベタベタ状態だった。

村瀬真葉はごくまれに授業をサボる。そんな日は、土砂降りの雨上がりにダブルの虹がかかったような澄みわたった光が、教室全体をほんわりと包んでいた。

それが二年になって語学のクラスが不運にもまた同じになり、望まない接触を持ってしまった。

エッジのメンバーで、女優をやってくれている女の子がいる。名前は篠木優子《しのきゆうこ》。

俺がなんとなく見る機会を逃していた映画のＤＶＤを、優子が貸してくれることになっていた。

後でたまり場になっているラウンジで渡してくれてもよかったのに、たまたま見かけたとかで、村瀬真葉の生息域である語学クラスまで持ってきた。

そして入り口の真ん前で教室のほうを向いてつっ立って、バッグを手に友だちとしゃべっていた村瀬真葉の後ろ姿に、優子は声をかけてしまった。

「あの、咲原《さきはら》貴希くん、っている?」

小さい教室だ。俺はすぐ優子に気づき、出入り口に向かった。

村瀬真葉は優子のほうに首だけを斜めに傾けてめぐらせ、彼女の顔から、胸、足、つま先、とゆっくり視線を這わせた。そこまでいくと逆の順番で顔まで戻ってくる。

「え、な、何……?」

そこで優子は、村瀬真葉という最悪な人物が俺の語学クラスにいる情報を、もしかしたら思い出したかもしれない。意識がそっちの情報をかき集めることに、集中していた可能性もある。

「ブス!　失《う》せなさいよ」

「え?」

こんなことを初対面の人間に告げられたことがある女子なんて、そうそう存在しないだろう。だって意味不明。

優子は充分美人の範疇《はんちゅう》だし、さっぱりし過ぎるくらいさっぱりした性格で、不当な悪口を黙って我慢するタイプじゃない。でもこの時は明らかに自分に向けられた言葉の、脳内処理が追いついていなかった。

「ブスはお前だろ！　性格ブス！　少しは人の気持ちや空気を読めや！」

これは俺の声だった。

村瀬真葉の性格分析の必要がなかった俺のほうが、優子よりも先にこの事態に追いついた。

追いついたのはいいけど、おそらく日ごろ無自覚だった村瀬真葉に対する鬱憤《うっぷん》がこの時一気に爆発してしまった。それが言葉になって見事に噴出。

おそらく二十年かそこらの人生で、村瀬真葉は他人からこんな暴言を吐かれたことがなかったんだろう。

笑えるほどはっきり顔面に血がのぼっていくのがわかった。みるみる間に頰は紅潮《こうちょう》し、目の下の筋肉が痙攣《けいれん》を起こした。

これはめっちゃ気持ちがいいなー、と俺が意地悪く思った次の瞬間、横っ面《つら》めがけてなにか硬くて大きい板みたいなものが飛んできた。

え、と口を開き、脊髄《せきずい》反射で身をそらす。まともには当たらなかったものの、それは俺の頬や鼻を盛大にかすった。

大当たりとは違い、かなり派手な空振りコンプリートだったにもかかわらず、地味にものすごく痛かった。たぶんまともに当たっていたほうがよっぽどましだった。

俺の頭に血がのぼるのも、村瀬真葉と似たような速度だった。

村瀬真葉が手にした、俺をぶん殴《なぐ》ったであろうものすごく高そうな緑色の四角く硬いバッグを力ずくで奪い取ると、それを容赦《ようしゃ》なく廊下に叩きつけた。

相手が男だったら、村瀬真葉が俺にしたのと同じように殴り返していたに違いない。

金具が外れた状態だったのか、村瀬真葉の緑色のバッグからはノートや筆記具や化粧ポーチが飛び出て廊下に散乱した。

事実そうだが、絵的にも充分修羅場《しゅらば》だった。

俺と村瀬真葉はたぶん三秒くらいはにらみ合った。実際はもっと長かったかもしれないし、短かったかもしれない。

俺は言葉がうまくでないくらいには脳みそが沸騰《ふっとう》していて、完全に村瀬真葉よりも対処が遅れた、と思う。

というか、昨今のにわかフェミニズムが浸透した現代日本において、こういう男女の修羅場では圧倒的に男が不利だった。まずいかも、と脳内で警鐘《けいしょう》が鳴り始めた刹那《せつな》、村瀬真葉はいきなり大声で叫んだ。

「きゃー!!　誰か来て。ひどい!!　助けてー」

運悪くまだ授業が終わったばかりで、去っていく橘教授の耳にまでその金切り声は届いてしまった。

警備員がなぜかあちこちにいるうちの大学。

老齢にさしかかっている橘教授だ。自分だけでは心もとないと判断したのか、建物の入り口にいた警備員を大声でちょっと来て！　と呼びつけた。

そして自分もすごい勢いで俺たちの授業をしていた教室まで戻ってきた。

そこで橘教授は金切り声の主が村瀬真葉だと知ると、かすかに顔をしかめた。

「ひどいんです。橘教授。いきなり咲原くんがわたしからバッグを取り上げて廊下に叩きつけたんです。中には精密機械も入ってたのに、壊れてるかも……」

「咲原くんが？　何か理由があったんでしょ？」

村瀬真葉が言い終わるやいなや、思わず、といった感じで教授はそう口にし、俺のほうを覗《のぞ》き込んできた。

俺は脳みそどころか五感までが怒りで麻痺《まひ》し、うまく口をきくことができなかった。

黙っているとこういう場合、肯定《こうてい》ととられてしまうものらしい。

そうして俺は遅れてきた警備員二人に両側から腕を拘束され、事務室まで連行されることになった。

ちらりと確認したところ、ひどいよね、とかなんとかささやき合いながら、村瀬真葉付きのお友だちが散乱した彼女の文房具を拾い集めていた。

村瀬真葉自身はその場に立ったまま腕組みをし、連れていかれる俺を勝ち誇った含み笑いで眺めていた。

村瀬真葉は人間のクズだ。クズどころか塵《ちり》だ。芥《あくた》だ!!

その後事務室のまる椅子に座らされた俺は、まだ怒りが収まらず荒い深呼吸を繰り返すばかりで簡潔に説明ができなかった。

この惨状をすくってくれたのは追いかけてきた優子や、雄吾、まわりにいた俺の友だちだ。ヤツらの事細かな証言によって、俺は突然放り出された荒海から救助されたわけだ。

「まったく村瀬さんも仕方のない人だね」

それがこの件に関して、語学クラスの橘教授がたった一言漏《も》らした感想だった。

「んーん……」

どうしてあんなヤツの夢、しかも内容を思い出せもしない夢をみたくらいで、こんなに眠いのに二度寝ができないくらいに脳が興奮しているんだ？

今日も午後から橘教授の授業はあるが、果たしてそれに村瀬真葉は出てくるだろうか？

なぜかここのところ村瀬真葉が大学を休んでいる。

俺と村瀬真葉は同じ法学部で、語学のクラスに限らずかぶる授業が多い。いつからなのか、村瀬真葉の姿を見ない気がする。

教室内、特に少人数の語学クラスの平和さといったら、波風ひとつたたない湖面そのもの。不愉快な言動のない空間は、不気味なほど快適だった。

平和だ。明るい。目障《めざわ》りなものがない。

きっと金持ちの村瀬真葉は留学でもしたんだろう。永遠に帰ってくるな。いやきっと永遠に帰ってこない！

大学の交換留学制度と時期がずれているから、帰ってきたとしても学年は同じじゃなくなる可能性が高い。

そんな気持ちが潜在意識の喜びになって、村瀬真葉の夢なのに心地いい、なんておかしな現象を生んだのか。その現象に脳がびっくりして眠れないのか。

「あいつが留学でもういないとか、超幸せ」

自分で勝手に結論づけた瞬間、優しい眠りが訪れた。

# 2

短時間だけど俺はぐっすりと眠ったらしく、清々《すがすが》しい気持ちで雑司ヶ谷《ぞうしがや》から都電に乗り込んだ。

大学付属図書館を抜けてキャンパスの北門を入る。朝とは逆のルートで大学の中心部に近い教室に向かう。

「この蒸し暑いのに」

北門付近に宇宙服のようなものを着た数人を発見した。

仮装が好きな酔狂なサークルがあるのだ。

うちの大学には仮装をして二日間で百キロ歩く、百キロハイクという人気の名物行事がある。去年の百キロハイクで、おそらくそのサークルの代表が何人か、かなり忠実に宇宙服を再現したものを着て歩いた。

めいめい個性的な格好で歩くから、どれを見ても面白いけど、中でも趣向を凝《こ》らした仮装を団体でするやつらはさらに目立つ。

俺は大部分の友だち同様、参加権獲得のくじにはずれたが、一緒に歩ければいいな、と言っていたグループがいくつか出られることになった。それで激励のためにスタート地点に見に行ったのだ。

「よっぽど気に入ったんだなー」

あの宇宙服は確かに相当の精度だと思う。新歓の時期も同じ格好でやっていたし、コスプレサークルとしてあれは宣伝の一環になっているんだろう。

でも無駄に精度が高すぎてあの宇宙服に囲まれると、子供なんかは本気でビビっちゃう。高校の頃、オープンキャンパスで上京した時に、近所の中学坊主が囲まれて困り顔をしているのを蹴散らしたことがある。

とにかく変わったやつが多い大学で、そこが俺を含め多くの学生を魅了する要因にもなっている。


「げげ?」

その日の午後、橘《たちばな》教授のクラスの入り口で俺は固まった。

村瀬真葉《むらせまは》が自分の席に着き、机に片肘《かたひじ》をついて足を組み、まわりのお付き友だちと、涼やかに談笑しているのが視界に飛び込んできたからだ。

仰天《ぎょうてん》のあまり俺は一歩後ずさった。

その後の俺の落胆といったらもう表現のしようもない。身体から力が抜けすぎて猫背になり、きっとゴリラみたいになっている。

「なんだよ貴希《たかき》」

後ろから教室に入ろうとした雄吾《ゆうご》が、入り口で立ち止まる俺に声をかけてきた。

「あいつ留学したんじゃねーの？」

「は？　誰？」

「村瀬真葉」

そこで雄吾はちょっと力なく笑った。

「その期待、超わかるわ。なんだなんだと思うよな。けっこう休んだもんな。一週間くらい？」

「ふだん金持ちをアピってるから絶対留学だと思ったのに」

「原因不明の高熱だってよ。でももう全然回復しちゃったんだってさ。さっき村瀬真葉の友だち捕まえて柳《やなぎ》が聞いてたよ。柳は交通事故で長期入院だと決めつけてたみたいでさ」

「なーるほど。そういうのもあったか」

みんながそれぞれ勝手な仮説をたてて、村瀬真葉が俺たちの学年から消える方程式を組んでいたわけだ。

「咲原《さきはら》くん、木村《きむら》くんよろしくね」

「んん？　なにが」

橘教授の授業が終わったあと、俺は雄吾と、エッジがたまり場にしているラウンジに向かおうとしたところ、廊下で後ろからいきなり名前を呼ばれた。

俺と雄吾が同時に振り返ると、なんとそこには村瀬真葉がいた。

いつもと同じようなすごく高そうなワンピースを着ている。光沢《こうたく》とハリのある白い生地で、こげ茶の太いラインが裾《すそ》に入っている。ウエストから上品に広がる膝《ひざ》より短い丈《たけ》のやつだ。

ニューヨークのなんとかいうブランドが好きだとか、自慢していたのを聞いたことがあるような気がする。そこのかな。

品のあるそのワンピース姿で、肩幅くらいに足を開き腕組みをするという、いままでにもちょいちょい見てきた村瀬真葉の立ち姿があった。

だけどその威圧的なポーズとは裏腹に、なぜか表情には今までとは違う無邪気さがある。

「あ、これからラウンジ行くんだ？　わたしも一緒に行くね」

「なんで？　なんのために？」

ありえない村瀬真葉の発言に、喉《のど》がひくつき声がうわずる。

「えっ。やだなあ。まだ神谷《かみや》くんから聞いてない？　わたし、エッジに今日から入れてもらうことにしたんだよ」

にっこり笑う。ウエーブのついた肩までの髪が、窓からの風にふわりと揺れた。

お前、誰？　気持ち悪いんだけど。

村瀬真葉のあまりの無垢《むく》な爽《さわ》やかさに、逆に吐き気がした。

そこで雄吾が俺の袖《そで》ぐちを、つんつんと引っ張った。

「何っ？」

村瀬真葉の異変に意味もなく俺はいらだっていた。

雄吾は声を落とした。

「なんかさ、柳が午前中に騒いでたんだよ。村瀬真葉、今までと雰囲気がえらく違ってたってよ。友だちだけを捕まえて村瀬真葉のこと聞いたつもりが、けっこう本人が近くにいたらしくてさ。絶対聞こえちゃったはずなんだって。交通事故じゃなかったのか？　とかそういうとこまで。なのに菩薩《ぼさつ》みたいな笑みを浮かべてただけだとか不気味がってた」

「菩薩っ？」

それは村瀬真葉の対義語だ。反対語だ。アントニムだ！

村瀬真葉がゆっくり腕組みを解くと、やけに慎重な足取りで俺たちのほうににじり寄ってきた。

「あのう……。そうだよね。態度がかすかに違ってやっぱりビックリするよね」

「かすかに？」

俺の放った、かすかに、の部分は見事なスルーで村瀬真葉は続ける。

「うん。わたし、ちょっと前まで休んでたのね？　四〇度とかの高熱だしてさ。合う抗生剤がなかなか見つからなくて、いろんな薬を試しても下がらなくてすごく苦しい思いをしたの。ホントに三途《さんず》の川に片脚つっこんだ、っていうかね」

「へえ」

「ああいう時ってさ、実際に神の声が聞こえるんだよ？　このままじゃいけないって！」

「ほお」

「で、考えちゃったの。わたしのお葬式で何人の子が真剣に泣いてくれるのかなあ、って」

いねえだろ。なんなら親兄弟か。

「ま……まあ、そう、それは……」

ここまで長い会話を村瀬真葉としたことがない雄吾の方は、完全に及び腰だ。

「でね？　だから咲原くんたちの映画サークル、エッジに入ることにしたの！」

なにが、『でね？　だから』なのか、もはや理解ができない。

そこは文脈的につながりがないからな。これだから長年受験をやっていない初等部からの持ち上がりはいただけない。

いや実際いただけないのは村瀬真葉だけか。他の初等部上がりの子をたまたま知っているけど、充分いただけている。

「お前よく俺にそういうこと言ってこられるよな？　俺を警備員に突き出したの、ついこの間だぞ？　覚えてねえのかよ？」

「あー、うん。あれね。ごめんなさい」

これはもう別人だ。しごくあっさりと、しかもわりと丁寧《ていねい》に村瀬真葉は頭を下げた。

「俺もすげえ迷惑被《こうむ》ったけど、優子《ゆうこ》だってかなり傷ついたと思うぞ？　あいつだってエッジのメンバーだ」

「優子？」

「お前がブスだの、失《う》せろ、だの嚙みついた子だよ」

「あー、あの子か。ほんとごめん……。優子さんにもよく謝っておく」

「とにかく、俺はお前をエッジに入れる気はさらさらないからな！」

「……そうか」

そこで、村瀬真葉はいままで見せたこともない、寂《さび》しそうな表情を一瞬だけ覗《のぞ》かせた。

今まで俺が知っていた村瀬真葉とのあまりのギャップにくらくらする。

同時に自分が今彼女に投げつけた強い言葉が、跳ね返されて心臓のあたりに突き刺さる。

胸が鈍《にぶ》くきしんだ。

「あ、いや……えーと、その……。お前には向かねえよ」

言葉がたどたどしくなる。

「でも、咲原くんたちのサークル、始めたばかりで圧倒的な人数不足だよね？　このまま
じゃ映画を作るのは無理でしょ？」

俺は、う！　と口の中で変な声をあげ、舌を嚙みそうになった。

一番痛いところを突かれたのだ。

正直、今は犬でも猫でもとにかく手を借りたいことには違いない。

しかしこれがなかなか集まってもらえない。それが今回参加したいと申し出てくれているのは、ありがたいことに一応人間……。

一瞬、ほんの一瞬だけど俺は廊下の床材を見つめながら、その言葉にぐらんと傾きそうになった。

そうして視線を上げると目の前にいるのはやっぱり村瀬真葉。あのお騒がせ女王の村瀬真葉だ。

「無理！」

「だよね？　あの人数じゃね」

「ちげえよ。お前の入会が無理」

「どうして……？」

そこで村瀬真葉はかぼそい声で呟《つぶや》いたかと思ったら、ぽろりと左目から、次に右目から透明なしずくを落とした。

窓から入る午後のさわさわした木洩《こ も》れ日に照らされ、それは光そのものみたいに美しくきらめいた。

もう、ぎょっとすることの連続で、俺は二の句が継げなかった。

高熱って本当に人格まで変えるのか？　いや、確かにそういう説は聞いたことがある。

あるけどそんな……。目の前の超常現象に俺はめまいがしてきた。

「貴希」

凍結したまま動かない俺を、隣の雄吾が肘《ひじ》でつついた。そこではっと我に返る。

「……え？」

「一応さ、ラウンジで話くらいは聞いてもよくね？　実際、マジで今は一人でも多くメンバーを確保したいわけだしさ」

「…………」

無理！　と重ねようとしたところ、声が出ない。一応女子である村瀬真葉の涙に、一応男の俺の声帯が機能不全を起こしているらしかった。

それに、残念ながら雄吾の指摘はあまりに的《まと》を射《い》ている。

うちの大学に映画サークルはいくつもある。大学の公認で、企業がバックアップにつくような大きなサークルに、本格的に映画を作りたい学生はまず集まる。エッジの立ち上げメンバーはそこの新歓コンパで知り合った。

いろいろ優遇されて、人数も多く、資金も潤沢《じゅんたく》、部室はピカピカ、だけど監督志望もわんさか、という公認サークルでは、俺たちが好きな映画を作れる日が、果たしてくるのかどうかもあやしかった。

本格的じゃなくてもいい。一年の時から好きなように楽しく映画が作りたい。そんなわがままな理由でそこから枝分かれしたサークルが徐々にでき始めた。エッジもそのうちのひとつだった。

夢はいっぱいだが、悲しいかな、人数も足りない、資金も足りない、知識も足りない、撮影用具も足りない、部室もない。まさにないないづくし。

その中のどれもが喉《のど》から手が出るほどほしいものばかりだけど、やっぱり、金がありゃあな、の一言はビールを飲むたび誰かが口にする。

「村瀬真葉ってすげえ金持ちなんだろ?」

雄吾が俺に寄ってきて、顔は動かさずにささやいた。

「…………」

俺の肩がぴくりと動く。

「それにあいつ、神谷、ってさっき言ったぞ? 遼平《りょうへい》には話をつけてんじゃないのか?」

「そうなんだっ」

さっきまで涙をこぼしてしょんぼりしていた村瀬真葉が、俺たちのほうに軽快な足取りでぴょこんっと飛んできた。満面の笑みだ。

「えっ? 村瀬さん、さっき泣いてたよな?」

雄吾もあの涙に心をつかまれかけたクチなのか、驚きの声をあげる。

「演技だよ。ね？　ちょっとすごいと思わない？」

「えーっ。マジでか！　いつでも涙出るの？　おい貴希、聞いた？　すげえな」

「今のはね、こんなこともできるよ、ってアピールのためにかなり真剣にがんばった！　わたし、やれって言われたらなんでもやるよ？　監督じゃなきゃ嫌だなんて言わないよ？」

誰だこの発言の主《ぬし》は！

「……なんか俺、あ、ある程度、吐き気がするかも。春風邪かな」

俺はうつむいて額《ひたい》を押さえ、かすかによろめいた。

「平気か？　貴希。ちょっとお前、日本語がおかし――」

雄吾が心配そうに肩に手をかけようとした瞬間、違う手がさっと伸びてきた。

「それは大変だよ。わたしみたいに高熱が出るとものすごく苦しいんだよ？　熱、上がり始めてるんじゃないの？」

あろうことか、村瀬真葉は俺の額に自分の手のひらを当てようとしたのだ。

俺は反射的にその手をかなりの勢いで振り払ってしまった。俺の手の甲と、村瀬真葉の細い手首が当たり、廊下に小気味のいい音が響きわたった。

「あ、悪……ごめ、ん……」

真葉ははじめ心底驚いたようなどんぐり眼《まなこ》で、俺に打たれたほうの手首を反対の手で握りしめていた。徐々にその表情が曇り始め、雨が降る寸前の空と同じ色の瞳が、俺を静かに見上げた。

心臓に極細の亀裂が入ったような、なんとも言い難《がた》いうずきが走る。

大嫌いなはずの女。ほんの五分前まで、世界で最も醜《みにく》い心を持つ人間のうちの一人だと信じて疑わなかった。ただただ軽蔑《けいべつ》の対象だった。

その考えが、俺の意思をまるで無視して土砂崩れのようにそぎ落とされていく。その速度に明らかについていけていなかった。

はじめはへどもど口ごもっていたのに、今は俺のおかしな言動の心配までしている雄吾のほうが、まだ順応性が高い。

「ごめん」

それでも俺の口からは、無自覚に同じ言葉が零《こぼ》れ出た。

「いいよ。ビックリするのは当たり前だよ。これまでのわたしがわたしだもんね」

真葉の無理をしているのがみえみえの明るい声にすら、今は罪悪感をおぼえる。

だからといって真葉を手放しでエッジのメンバーに加えるには、いくつもの最低な言動を目《ま》の当たりにしてきた俺にしてみると、まだまだハードルの高いことだった。

「あのさ、取りあえず、ラウンジに行かねえ？　村瀬さんさ、遼平……神谷となんか話がついてるわけ？」

その場を取り繕《つくろ》うように雄吾がうながす。

「うん、あのね、わたし、脚本、書いたんだ。それをね、神谷くんに読んでもらったの。神谷くんとたまたま、オープン科目で、一緒の授業があってさ」

さっきまでの天真爛漫《てんしんらんまん》なふるまいは影を潜め、慎重に、言葉を選ぶように真葉は一語一語句切って答えた。

オープン科目では、法学部の真葉と教育学部の遼平が同じ授業を取ることもありうる。いろいろな学部から、かなりの人数が集まって大教室でやっている。そんな中で誰もが一人一人の顔なんかむろん覚えちゃいない。

そこで真葉はわざわざ遼平を捕まえて、自分の脚本を見せたのか？

そもそもどうして学部の違う遼平を知っていた？　話をするほどの接点がどこにあったんだろう。

直接じゃないにしろ遼平のほうは真葉を知っている。当然悪い意味で。

俺は優子のことで衝突した時に、エッジのやつらに憤懣《ふんまん》をぶちまけた記憶があるし、それがなくても村瀬真葉は一年の頃から充分に名物的な存在だった。

わからない。つながりがぜんぜん思い浮かばない。

俺は前を行く雄吾と真葉の少し後ろを、たらたらと歩いていった。

現実味は相変わらずなくて、前を行くこの華奢《きゃしゃ》な背中の主は俺の知っている、俺と派手にケンカをしたあの村瀬真葉なんだろうか、と疑問だらけだった。

あの女は、こんなに細くて頼りない背中をしていただろうか。もしかしたら何キロかは痩《や》せたのかもしれない。

四〇度の高熱が一週間。俺だって二十歳《はたち》になる現在まで一度もそんな経験はない。一体こいつの頭の中でなにが起こったんだ。

# 3

「ああ、うん。脚本見せられてさ。歓迎するって言っちゃったんだよね、俺」

ガラス張りのラウンジに行くと、教育学部の遼平《りょうへい》と孝輔《こうすけ》、ナオはもうテーブルについて、椅子にだらしなくもたれかかっていた。

そこで俺は遼平だけを、ラウンジの離れた場所に連れ出して詳細を確かめた。そこで、語られた内容にめまいと頭痛がひどくなる。

「なんでっ？　あいつが誰か知ってるのか？　あの村瀬《むらせ》真葉《まは》だぞ？」

「そうだけどさー。最初さ、なんか『エッジに入会希望の二年生なんです。脚本書くのが好きで書いたんですけど見てくれませんか？』ってそれしか言わなくてさ。なんで名乗らないんだろうとは思ったけど、忘れてるのかな、とか、俺を前にして緊張してるのかな、とかな」

「なんでお前ごときで緊張すんだよ！」

「そりゃそういうアレな子もいるかと」

「いねえよ」

「でな？　脚本読んだら、話がすごく、こう独創性に富んでるっていうか。それに本人も感じがぜんぜん悪くないじゃん？　ぶっちゃけちょっとタイプだし。人手だって足りてないんだから是非入ってください、ってなるだろ？」

「ならねえよー」

俺はがっくりと首《こうべ》をたれ、ついでに前のめりになった身体を、両手を膝頭《ひざがしら》に当てて支えた。

「で、ようやく名前を聞いたら村瀬真葉だっていうからマジでビックリ、ありゃりゃりゃりゃ、だよな。それでよくよく見たら、あーなるほど村瀬真葉だったかも！　ってな！」

「てな！　じゃねえよー。もう取り返しがつかないじゃんか」

「いいじゃん、なんでもやるって言ってるし。実際今は拝《おが》み倒してでも人に入ってもらいたい時だろ？」

「だからってなんでよりによって真葉なんだよ」

「だって噂《うわさ》と違うじゃん。つか、むしろめっちゃいい子だし。あれだなー、真葉が可愛いからやっかみで悪く言われるんだな」

「真葉ってなんだよ。そのいきなりの名前呼びはさー」

「いや、お前が真葉って呼んでるから、ついな」

「真葉じゃなくて村瀬真葉ってフルネームで呼んだことがあるだけだろ？　あのケンカでイラついてた時な」

「いや、お前もたった今、真葉って呼んだぞ？」

「お？」

友だちを名前で呼ぶのとは違って、村瀬真葉という言い方はむしろ物体についている呼称に近い。たぶんそういう感覚で俺はフルネームを使ったことがある。

この短期間にフルネームじゃなくなるとか、ないから！　……ほんとに呼んだのか？

自分の感性さえ信じられなくなって、眉間《みけん》にしわを寄せて考える。

目の前の遼平は涼しい顔で、有名なヘアサロンで切った髪をのんきにいじったりしている。

俺はちらりと振り返って、真葉たちがいるテーブルを確認した。孝輔とナオと真葉と雄《ゆう》吾《ご》が談笑している。

そこにちょうど優子《ゆうこ》が加わろうとしているところで、真葉はしばらく小首をかしげた後、何かを思い出したかのように勢いよく立ち上がった。

一言二言声をかけるといきなり頭を下げた。あの時の、失礼千万な態度を謝っているんだろうか。

「な？　いい子じゃん」

「……意味わかんねえ」

「まあ座れよ」

そう言って遼平は空《あ》いていたテーブルの前の椅子に勝手に座った。仕方なく俺も遼平の正面に座る。

「読んでみ？」

遼平はいつもの黒いリュックから緑色の表紙の冊子《さっし》を抜き取り、俺に差し出した。二冊あった。

一冊は映画の脚本らしかった。表紙にはなにも書いていない。まだ題名がはっきり決まっていないのかもしれない。

これが真葉が創作した映画の脚本か。俺はまずパラパラとめくってみた。

なるほど完璧に仕上げてある。

もう一冊のほうは絵コンテの冊子だったから、一度脚本を置いてそっちを手に取る。パッと見、その画《え》がそこらのイラストレーターくらいにうまかった。

大ロングやクローズアップも無理なく使われていて、自然な流れが目に浮かぶ。画《え》の隣のアクション説明のところにも、欄外までぎっしりと文章がつまっている。

「あーあー。こんなにぎちぎちに絵コンテで固めちゃって。これじゃその場の空気とか現場のインスピレーションの入り込む余地なしじゃん。こういうのは単なる作業になっちゃうよな」

「絵コンテはただの参考だって。無視していいってよ。監督の好きにやれってさ」

面白がるかのように遼平は笑い、片腕を椅子の背もたれに乗せて体重を預け、足を組んだ。

「ふうん」

どこで勉強したんだか、一応脚本の体裁《ていさい》にはなっている。柱と呼ばれるシチュエーションが枠内に収まり、次にト書きとしゃべった人の名前、そしてセリフがわかりやすく縦書《たてが》きで記されている。

俺は背もたれに寄り掛かり、片手で脚本を開いて完全に斜《しゃ》に構えて読み始めた。

読んでいるうちに、夏の夕立雲のようにむくむくと対抗心が俺の中で膨《ふく》れ上がって暴れだす。間違えてぐりりと犬歯で唇を噛んでしまい、薄く血の味がした。

読み終わった時、俺は脚本を両手で持ってテーブルに肘《ひじ》をついていた。徐々に前傾姿勢になっていたことに、気づかなかったことすらものすごく悔しい。

顔をあげた時、遼平は所在なさげに片肘をついて携帯をいじっていた。俺の動きに気づいたのか携帯を持つ手をテーブルに落とし、こっちを向く。

「なるほどね、まあ、悪くはないかもな」

俺は脚本を閉じると、ぽんとテーブルに置いた。

「悪い、貴希《たかき》。俺、これが撮りてえわ」

「………………」

カメラマン、撮影担当の遼平がそう思うのは、無理もない、と、認めるしかなかった。

※

話の内容はこうだ。

主な登場人物は、中学でいじめにあってからひきこもっている十八歳の椿《つばき》A。椿Aの分身椿B。椿Bが思いを寄せる少年、裕也《ゆうや》。

椿Aは自室で毎日鏡を見て過ごす。学校には行っていないが勉強だけは続けていて、今は通信制の大学生だ。

ある日、いつものように鏡を見ると、そこには華やかな服に身を包んだ活発そうな女の子、自分にそっくりな椿Bがこちらをのぞき込んでいた。椿Bが言う。

「驚いたわ。あなたが六二五三枚目のわたし？」

椿Bは椿Aに話す。

鏡の中には別の世界が広がっている。

あなたが毎日見ている鏡の中にいる人物は、あなた自身じゃない。隣の世界の、あなたそっくりのもう一人のあなた。

隣の世界は起こることもほぼ同じだから、まるで自分を見ているように錯覚しているのだ。隣の世界の鏡に映るあなたはまたその隣の世界にいるあなた。鏡にはつねにほぼ変化のない隣の世界が映っている。

だけど、実は変化している。誰も気づかないほど緩《ゆる》やかに、隣の世界、またその隣の世界、またまたその隣の世界、と徐々に世界は変化していっている。

あなたが今見ているのは、この鏡から六二五三枚目に当たる鏡の世界のあなた。見ると鏡の下にはその数字が浮かんでいる。

椿Bは、ひきこもりである分身椿Aが、英語が得意なことを知ると、一週間だけ交代し、わたしの代わりに大学の英語の追試を三つ受けてほしい、と頼んでくる。

そして椿Bと椿Aは鏡越しに交代をする。椿Bは自分の大学の同じサークル内にいる片思いの男子、裕也のことまで事細かく椿Aに話す。

椿Bの通う大学に向かった椿Aは、その華やかさに目を見張る。誰も自分が他の世界から来た椿Aだと気づかない。

椿Bのテリトリーで椿Bの友だちと過ごす椿Aは楽しかった。

そして毎晩鏡を通し、椿Bの世界で起こったことを報告する椿A。

英語の追試で椿Bの片思いの相手、裕也に会い、英語を彼に教えてあげたことで二人は一気に距離を縮める。椿Aは裕也に初めての恋をしてしまう。

そして三つの追試が終わった。椿Aが自分の世界に帰る時刻が迫っていた。

そんな中、裕也に椿Aは告白され、交際を申し込まれる。たった一週間で裕也のほうも椿Aの純粋な優しさに触れ、好意を持つようになっていた。

椿Aは悩んだ末、OKと答える。この世界の分身椿Bも裕也が好きなのだ。

自分がもとの世界に戻ったあと二人はつき合い始めるのだろう、でもそれも自分だ、と涙を飲んで椿Aは自分の部屋に戻る。

椿Bに裕也とうまくいったことを告げた。

英語を教えたのがよかったみたい、英語を今からすごくがんばったほうがいいよ、と伝えると椿Bは驚きながらも、うんそうする、本当にありがとう、と心からの感謝をあらわす。

椿Bと椿Aは鏡をとおして再び交代をする。鏡の下に出ていた数字は消え、異世界への扉は閉じた。

椿Aは次の年、一般の大学、椿Bと裕也の通っていた大学を受験する。

再会した自分の世界の裕也に、椿Aは何のときめきも感じない。自分が好きになったのはあくまで椿Bの世界の裕也なのだ。

明るい世界に足を踏み出した椿Aは、いつかわたしもこの世界で誰かに出会うのだ、と感じる。

※

いろいろ矛盾《むじゅん》はあると思う。

だけど、俺は遼平がこれを撮りたいと感じる気持ちが、わかりすぎるほどわかってしまった。なぜなら、俺が、不覚にもこの作品の指揮を取ってみたいと強く思ってしまっているからだ。

すでにほぼロケハンも終わり、あとは撮影に向けて具体的な準備をする段階にきている
俺の作った脚本の何十倍も優れている。

悔しいけど、もうラウンジのパイプ椅子を片っ端から蹴飛ばして倒したいほどムカつく
けど、これが実力の差なのだからどうしようもない。

「いいよ、遼平、これ、撮ろうぜ」

ふうっと、鼻で息をするように、遼平は唇の片端だけを上げて笑った。

「そうやって自分のものを差し置いて、いいものは一発でいいと認められるって、なかな
かない資質だと思うぞ、貴希。しかもこれはお前が毛嫌いしている女の脚本だ」

「そんな褒《ほ》められ方、嬉しくもなんともねえな」

「だな」

「次は俺の脚本でいく。あいつには龍のしっぽ部分でもやってもらう」

「龍のしっぽって。学芸会じゃねえぞ」

今度は、遼平は声を上げて笑った。

「でもこれはさ、ねたみとかじゃなく、なんか最後のあの展開が気に入んねえ」

「そう？　すごい余韻《よいん》があっていいと思うけどな」

「余韻はあるよ。だけど……なんていうか、そこだけがどうにも気に入んねえ」

遼平は俺に一度頭を冷やさせようとしたのか、あえて、どこだ？　と聞かなかった。自分でも今の段階でうまく説明できる自信がなかったからちょうどいい。

「えっ!?　いいの？　あれ、採用？」

真葉は手放しで喜んだ。両手を顔の前でバンっと打ち合わせて、その体勢のまま静止している。

思うに……、高熱が治まってから、いまのところ意地の悪さは鳴りを潜めている真葉だけど、しぐさや表情がやけに子供っぽくなったような気がする。無邪気な笑い顔なんて、以前の真葉じゃ想像もできない。

「採用ってか、あのな、いろいろ設定に無理があると思うわけよ」

「そう？　どこが？」

直球の質問だ。探究心むき出しの瞳で俺をじっと見すえる。

「えーとな」

「うんうん」

調子がくるうんだよ。

「鏡を介して少しずつ違う世界が存在してるって、カテゴリーとしてパラレルワールドの解釈だよな？」

「そうなるね」

「それはいいとして、鏡を小道具に使うなら、いくらなんでも引きこもりと女子大生を同じ人物にするのは無理があるだろ？　大学の時間と家にいる時間、どうがんばってもどこかでガラッと変わらなくちゃならないわけだよな？　そしたら大学に行ってる間、その隣の世界の引きこもり女子は鏡に映らないだろ？」

「……はぁ、なるほどー。言われてみればそうだよね。鏡を小道具に使うって難しいのか」

やっぱり素直だ。ちゃんと非は認めるんだ。

「それにさ、椿Aが戻ってからも問題がある。いきなり椿Aは大学に行くこと、外の世界に出ることに目覚める。でも鏡に映る隣の世界の椿には、その要因になる出来事、椿Bとの交代がなかったわけだよな？　っていうか交代してる間は、椿ABとも鏡に映んないわけなんか？」

「えーと、えーと……。それは、だね……。えーと……」

一生懸命、頭の中で理屈をこねくり回している真葉の、眉根を寄せて真剣に考え込む表情とか尖《とが》らせた唇とか……なんだか、可愛い……。

そこで俺ははっと我に返る。ほんの一瞬とはいえ、なんて不気味で気色の悪いことを考えてしまったんだろう。今のはなかったことにしよう。

「ふふん、無理設定だろ？」

「うーん……なんかあるよ！」

　俺を論破《ろんぱ》して企画を通そうとする負けず嫌いなところは、以前の村瀬真葉を思い起こさせる。

　でも、自分に都合のいい理屈ばかりをごり押ししてきた以前に比べ、今はいい意味での負けず嫌いになっている。

「そう！　これだ！　あのね、隣の世界でも同じことが起こってるんだよ。わかるかなー？　隣の世界の椿Cのところにも異世界から椿Dが来てね……そうやっていくつもの対極ペア世界で同じことが起こってるわけなのよ。そう考えるとどこでも同じ出来事が起こってるから交代してる間も鏡に映るよ？」

「なるほどな。パラレルワールドを、巨大な輪としてとらえるならアリ、かなあ」

「えー、いいと思ったんだけどなぁ。ダメ？」

「そこはダメってわけじゃない」

「それとねそれとね！　今思いついた！　女子大生と引きこもりの時間差の話ね？　ほらさ、年月でも太陽と月の運行？　それの誤差が溜《た》まって、一年が少しずつずれるじゃない。

一年が三六五日じゃない日が四年に一度あるよね？」

「うるう年な？」

「そうそう、それと同じで誤差を調整する鏡が存在するの！　うるう鏡って言うんだけどね。そのうるう鏡のある世界では、女子大生になった椿の鏡には隣が引きこもり女子でも、ちゃんと女子大生が映るのよ」

「むちゃくちゃじゃんか！」

そこで周りから笑い声がいくつも聞こえた。

「まあいいじゃんか。SFはつじつま合わせが大変だよな。だけど短編だし、突き詰めすぎると説明くさくなるよ。鏡に映ってるのが本当は自分じゃないって設定はかなり面白い。画的《え》にもすげえファンタスティックだよ」

「まあな」

俺は『鏡の国のアリス』の、原版の挿絵《さしえ》を思い出した。イギリス人の当時の売れっ子イラストレーターが描いたと後で知った。

真っ先に頭に浮かぶのはアリスがマントルピースをよじ登り、その上の鏡に入る画。子供心にあまりにエキセントリックで、でもそう、遼平が言うようにすごくファンタスティックだった。

アリスの話自体はまるで覚えていないけど、あの画《え》だけは今でも印象に残っている。小学校の学級文庫に置いてあった『鏡の国のアリス』の表紙になっていたはずだ。

こういうことがしてみたいと、想像力をかきたてられるようなわくわくする画だった。

遼平は、カメラを扱う視覚先行型の人種として、おそらくその画に一番惹《ひ》かれたんだろうと思う。だけど、本格的なＣＧ技術も道具もなしに、あれをどう処理しようと考えているんだろう。

「いいよな。俺もその話、すげえいいと思う。でも問題は画になるでかい鏡だよな」

「部屋の用意もね」

孝輔とナオが立て続けに意見を出す。

「優子、どうかな？」

主演をやってもらうことになる優子の部屋が一番妥当《だとう》だと思い、俺は彼女に水を向けた。

「あの――さ……」

そこで優子が言いにくそうに口ごもる。

「何？」

「主演、真葉ちゃんじゃ、ダメかな？」

「え？　なんで？　俺の脚本で主演やってくれるって、それで決まってたじゃん」

「そうなんだけど……。おばあちゃんがね、倒れちゃってるのよ、ちょっと前のことなんだけど」

「え？」

「脳梗塞《のうこうそく》でさ。あ、軽いからちゃんと回復はするらしいの。でも今はまだ入院してリハビリしてるのね？　祖父はもう他界してるから、お母さんが仕事を一時やめて面倒見ることになったんだ。だけど退院してきたら、お母さんだけだとすごく負担がかかるでしょ？」

「まあ、そうだよな」

「貴希の脚本だとね、一応ヒロインはわたしだったけど、メインの女子が二人で、かすみ一人の撮影も多かったからどうにかなるな、って思ってたの。引き受けちゃった後だったし。でもさ、その脚本だと一人二役だよね？」

かすみ——高田《たかだ》かすみは優子が連れてきた子で、頼みこんで女優をやってもらっているエッジのメンバーだ。

「じゃあ、そのかすみちゃんが主演じゃダメなの？」

真葉が口をはさむ。

かすみはメインが演劇サークルで、エッジは助っ人のつもりで参加してくれている節《ふし》が強い。

確かに時間を割かれる一人二役を、引き受けてくれるかどうかはわからない。

「かすみが引き受けてくれればいいけどね。どうなんだろう。もちろん、わたしもかすみも脇ならがんばるよ?」

そこでみんなの視線が一斉に真葉に向いた。

「えっ?」

一気に注目をあびて、真葉が目を白黒させている。

「真葉、なんでもやるって言ったよな?」

「言ったけど。それは重い荷物運んだり、大きい銀色の板? みたいなもの押さえてるとか、その、よくわかんないけどそういう裏方のつもりだったんだけど」

あれだけの脚本を書くのに、真葉には映画作りの知識がないように思えた。

そしてあの真葉が、裏方ならやる、と返答をしている。

天地がひっくり返るような驚きには違いないが、俺はこの新しい真葉のキャラに徐々に順応してきている自分がはっきりわかった。数十分前、廊下で話しかけられた時の不快感が今はまるでない。

「銀色の板じゃなくてレフ板。エッジじゃ置いとくとこもないし金もない。レフ板はこれからみんなで作る」

「うわっ。ハンドメイド？　楽しそうー!!」

「……ははは、じゃなくてな、今のままだと主演の椿ABがいない。どうなんだ、真葉」

「演技なんてやったことないよ」

「さっきやっただろ？　いつでも涙出せるぜって見せたんだろ？」

そこで真葉は小さくため息をついた。

「わかった、やるよ。確かに人数が少ないから端役《はやく》で演技することもあるかもな、とは正直思ってたし。がんばります」

よっしゃっ！　っと、この脚本に魅せられている俺と遼平は、思わず小さくガッツポーズをした。これで撮れる。

「あとはロケ地だな。一番の問題はでかい鏡のある部屋だな」

「うちで大丈夫、かなあ」

これにも真葉は、積極的な応《こた》えを返してくれる。

「真葉ちゃんの部屋にそんなでかい鏡があるの？」

孝輔が感心したような声を出す。

「あるよ。わりとインテリアに凝《こ》るのが好きなんだ」

「親は？　真葉の部屋を使って、大人数が出入りして撮影するのに難色しめさない？」

俺は聞いた。

「うちは共働きで昼間はいないんだ。ママもダメとは言わないと……思う……んだけど……どうなんだろう」

真葉の声がどんどん頼りなく小さくなっていった。

安請《やすう》け合いをしてしまってから、さすがに自宅での撮影となると母親の同意を得なくちゃならないことに思い至ったらしい。

それにしても真葉の母親は働いているのか。金持ちの真葉の家のことだ。コンビニやスーパーじゃないだろう。

俺の母親みたいに父親の仕事の手伝いだろうか。うちとは圧倒的に規模が違うとは思うけど。

「真葉ちゃんの部屋がダメとなるとけっこう絶望的だな」

「…………どうにか、あの、頼んでみる」

頼む、か。高熱で休んでいた間、母親にもかなりの負担をかけたはずだ。頼むなんて単語も以前の真葉じゃ考えられない。

「いいよ。真葉、無理するなよ」

「うん」

遼平とのそのやり取りを聞いていて、ああ、遼平はほとんど以前の真葉を知らないから、こんなにすんなりと彼女を新しい友だちとして受け入れられるんだな、と思った。

しかも俺が以前は真葉をフルネームで呼んでいるのを聞いていたから、それを受けて彼女をファーストネームで呼ぶことに抵抗が少ないのだ。遼平の人懐《ひとなつ》っこいキャラのせいもあるが実に不思議だ。

俺はかなり順応してきているとはいえ、ふとした瞬間に、真葉が目の前で笑っていることに、キツネにつままれているような感覚をいだく。こうして仲間の輪に自然と馴染《なじ》んでいる真葉の姿が、とんだ茶番に見えたりする。

だめだ。考えるのはやめよう。


その日、後からかすみもラウンジに顔を見せたから、真葉と引き合わせた。

かすみも村瀬真葉という名前を聞いて一瞬動作が止まったような気がした。でも、こっちも直接のつながりがない噂止まりだ。しかもその噂は、俺がエッジのメンバーに、真葉とケンカした時のことを派手にしゃべったところからきている。

なぁんだ、いい子じゃない。と気安い雰囲気が流れる。

真葉の性格の悪さなんて、この巨大大学の中では法学部の一部でだけささやかれていたものなのだろう。

だいたいお付きの者扱いに見えたとはいえ、真葉にはちゃんと友だちがいた。真葉のバッグをぶちまければ、散らばった文房具を拾ってくれる優しい友だちだ。

以前の真葉、以前の真葉、と俺は色眼鏡で見すぎなのかもしれない。以前だって表面上でしか、村瀬真葉という人物を知らないわけだ。

けっきょく、かすみも一人二役でほぼ出ずっぱりのこの脚本だと、負担が大きくて無理だという結論になり主演だけは真葉に決定した。

あとはロケ地の問題だ。


「うっわ！　また固まったよ。もういい加減にしろっての！」

俺はバイトに行くために、ラウンジの出口付近で、携帯で乗り換え検索をし、移動時間を確認していた。今から家庭教師センターから紹介された高校生のところに向かう。

俺だけ荒川《あらかわ》線を使うから、ここでみんなとはバイバイだ。

「貴希、まだその携帯使ってんのかよ。そんなしょっちゅう固まって面倒じゃねえの？　今だと俺の携帯電話会社、キャンペーン期間でかなり安いぞ？　ついでに機種変しろよ」

「いいのー。ほらこれ、こうやって一回バッテリーをはずしてだな」

「………」

半目になって黙った遼平にかまわず、俺はカバーを外し、蓋《ふた》を開けて一度バッテリーを抜き取り、またそれを入れ直して蓋を閉め、再起動をさせた。

「ほーら、動いたー」

「ナオ、こないだの土曜の映画見た？　あのホラーのやつ。あれはやばかったよな」

「見た見た。あそこまで真に迫れるって、やっぱりあの監督は巨匠《きょしょう》だよね」

俺が喜びいさんで検索を再開したのに、みんながみんなキレイに無視する。

携帯が固まり俺が悲嘆《ひたん》にくれることに、友だちは慣れすぎて誰も反応してくれない。携帯を変えろ、会社を変えれば料金が安くなる、等々《などなど》初めは口を酸《す》っぱくして俺に忠告してくれていたみんなも、ひたすらバッテリーを抜いたり入れたりして再起動を繰り返す俺についにさじを投げたらしい。ちょっと悲しい。

乗り換え検索を終えた俺は、ふと視線を感じたような気がして顔をあげ、斜め前を向いた。そうしたら、ばっちりと真葉と目が合ってしまった。

にこ、と微笑まれる。反射で俺もにこ、と微笑む。何をやっているんだ。

「携帯、不便じゃない？　咲原《さきはら》くんだけみんなと機種が違うもん。いろいろ共有できなくない？」

「まあね」

ほかのやつはみんな同じ会社の携帯だ。

そこで真葉に咲原くん、と面と向かって俺の名前を呼ばれるのが、廊下で呼び止められた今日が初めてのような気がして、もう少人数の語学クラスも二年目なのにな、と、この数時間のうちに何回目かの不可思議さを感じた。


ラウンジから出て、短い階段を上がりイチョウの並木道に出たところで、俺はみんなに手を振り、東西線《とうざい》に向かう人の波からはずれて北門に足を向ける。

数歩歩いたところで女子ばかりの華やかな服装の三人組を見つけ、なんとなく立ち止まった。真葉といつも一緒にいるグループの女子たちだ。

うちの大学は、いろいろな人種がいるとはいえ、たぶん大学として全体をくくればそう派手なほうじゃないと思う。女子でもキャンパスに多いのは、今くらいの季節だとカットソーにショートパンツにリュックのスタイルだ。

スカート派もたくさんいるけれど、真葉たち初等部からの持ち上がり学生のような、ブランド品で全身を包んでいるのはごく一部だった。

真葉もそうだけれど、ミニのワンピースを着ていることが多いような印象だ。真葉とその友だちがそうだから、そう感じるだけかもしれないけど。

「咲原くん」

三人いる女子のうちの一人が俺を呼んだ。たぶんこの三人の中ではリーダー格の子なんだろう。

出席確認の時にちゃんと聞いていないせいで名前が思い出せない。確かこのリーダー格の女子は、小島《こじま》、いや島田《しまだ》……か？

「大谷加奈《おおたにかな》よ。真葉の友だち」

ぜんぜん違った。

俺が真葉と大ゲンカをした時、エッジのメンバーにその名前を漏《も》らしたように、この子たちも彼女から俺の名前を聞いていたのかもしれない。男女だし、お互いに興味がないと少人数のクラスが一緒でも、名前なんか覚えていないものだ。

「なに？」

「真葉、咲原くんたちの映画サークルに入ったんだってね」

「そうだな」

「どうなってるわけなの？」

そんなことは俺が聞きたい。

そういう思いとは別に、俺はごく軽く感動に近いものを覚えた。

真葉にも、自分たちから離れればこうやって心配してくれる友だちがちゃんといる。お付き友だちかパシリにしか見えなかったけど、俺たちには理解の及ばないところで、この子たちなりに友情らしきものをはぐくんできたんだろう。

真葉は高熱が出て三途《さんず》の川に片脚突っ込んで、わたしのお葬式で泣いてくれる子がいない、と言っていたけれど、ちゃんといるじゃんか。泣いてくれる子たちがここに。

「どうなってるのかって、それは俺もよくわからない。ただ映画の脚本を作ってきて、それがすごく出来がよかったんだよ。それで特に俺の仲間が気にいっちゃってさ。エッジ……っていうのが俺たちのサークルの名前なんだけど、それに入ることになった」

「真葉、熱しやすくて冷めやすいのよ。たぶんすぐ飽きるわ。いったい何が起こったんだって話よね。やっぱり高熱でどうにかなったのかもね」

「そうか。真葉、いままで映画に興味はそれほどなかった?」

「確かに嫌いじゃなかったわね。でも自分で作るなんてありえない。まったく驚きだわ」

「死にそうになっていろいろ考えたんだってさ」

「ふぅん。まあいいや。とにかくさ、真葉がもう飽きたみたいだったら素直に放してあげてよね」

俺はふと気になったことを聞いてみたくなった。この子たちは、真葉が俺の所属するエッジに入ったことを知っていた。つまり真葉が話したということだ。

「真葉、エッジに入るのに、君たちになんて言ったの？」

「やるだけやってスッキリしたら辞《や》めると思うよ、って」

「……そうなんだ」

つまりあの自分の作った脚本だけを、どこかで実演してみたかったってことなのか。

さっきまで目の前にあった真葉の純真な笑顔はなんだったんだろう。けっきょく中身はそのままってことだ。

「ね？　真葉が辞めるって言ったら、黙ってすんなり辞めさせてね。まあ自分でそうと決めたら勝手に辞める性格だけどね」

それはあまりにも無責任だろう。こんなことを頼んでくるなんて、いくら真葉を取り戻したいからって少々常軌《じょうき》を逸《いっ》していやしないか。

「始めたからにはこの一本だけでもやってもらわなくちゃ困るよ。これから撮るのは、採用になった真葉の脚本だ」

俺のをさしおいてね。

「……続けばね」

「続けば?」

「高熱で性格が一時的に豹変《ひょうへん》する例はたくさんあるみたいだからさ、インフルエンザの後とかね」

「そりゃそうでしょ。そんなに簡単に人間の本性なんか変わらないわよ」

「一時的、なのか」

捨てゼリフを吐くと他の二人を引き連れて、身をひるがえした。

俺はその背に、思わず言葉をなげた。

「真葉を心配してるんだよな。自分たちのところに帰ってこないんじゃないかって」

そこでその女子は肩越しに振り向いた。

「まさか」

「え?」

「帰ってこないのは親つながりで困るのよ。知ってるでしょ? 真葉もわたしたちも初等部から一緒なのよ。それなりの企業のつながりってものがあってね。真葉の父親はうちの父の会社の、親会社の社長なのよ」

「は? 初等部ってそういうとこなの?」

「ほんの一部じゃないかしら。ただそういう面倒なつながりがある人たちも中にはいるの。

真葉とわたしたちみたいにね。心配しないで。ちゃんとそういうのは抜きの、本当の友だちはいるから」

「は？」

俺は控えめに言っても度肝《どぎも》を抜かれるほど驚いた。

いや、心配はしていない。毛ほども君のことは心配していない。

栃木《とちぎ》の片田舎で、俺の家も一応社員数人の小さな会社を経営している。

そんなしがらみは一切ない！　……と言いきれないことは、もちろんわかりすぎるほどわかっている。

俺でさえ、面倒くさいなと思うかすかなしがらみがある。日本を代表するような大企業の社長令嬢集団になると、それとは比じゃないくらいやっかいな関係があってもおかしくはない。

納得するのと同時に、ものすごくやるせない気持ちになった。

本当に真葉が死んだら、誰も泣いてくれる友だちがいないのかもしれない。大企業の令嬢ゆえに、あのひねくれまくった性格になってしまったんだろうか。

高熱のせいで一時的に性格が変わっているだけ、か。

確かに死を意識して自発的に考えを改めただけにしちゃ、納得がいかないこともある。

雰囲気が変わりすぎなのだ。

続いてくれよ、せめてあの脚本で撮り終わるまではさ——、と、人の少ない北門付近のイチョウの木の下で、去っていく三人の背中を眺めながら俺は念じた。

# 4

真葉《まは》は、母親から自分の部屋だけなら撮影に使ってもいいとのお許しを、どうにかこうにか取り付けてくれた。他の場所を絶対に撮らない約束だ。

詳しくは語らなかったけれど、かなり苦労して承諾《しょうだく》させたような気がする。しゃべっていると顔に出るのだ、彼女の新キャラでは。

具体的な撮影の段になって、なんて難易度の高い映画にチャレンジしているんだろうと思わずにいられなかった。

脚本が脚本だから、クランクインの前にやっておかなくちゃならないことが、山積みだった。大道具や小道具なんて気の利《き》いた係がいるはずもなく、監督の俺から女優、果ては友情出演の友だちまでみんなで必要な道具を作る。

おかしな衣装を作ることになるから、裁縫の得意そうな女子が必要だった。

遼平《りょうへい》の彼女とかナオの彼女とか、俺は今、彼女がいないから友だちとか……かなりの人数に学食ランチをバイト代で奢《おご》りまくり協力してもらう。

おかしな衣装とは、まず服が二着必要だった。前と後ろがまったく違う服が。

鏡に映る椿《つばき》Bの華やかな服と鏡の前に立つ地味な椿Aの背中。

引きで撮った時に背中側は淡い色のカーディガン、鏡に映るのは対照的な原色を使った女子大生っぽいワンピース姿になってほしい。

一人二役の椿ABを最初から一緒には撮らない選択肢もあるにはあった。でも、せめて最初の対峙《たいじ》の時と、毎晩の相談場面の中で一回は引きで鏡に映る椿ABを一緒に撮ることが題材上必要だと、全員一致で決定した。

かくして放課後に空き教室で、遼平の彼女美沙《みさ》ちゃんと俺の友だちの愛梨《あいり》ちゃんが家から運んできた二台のミシンで、そのへんてこな服を縫うところから映画作りが始まった。

重いミシンを運び出したのはもちろん俺と遼平だ。

美沙ちゃんが、タンスの肥やしになっていた何シーズンか前のワンピースやらカーディガンをいくつか提供してくれた。

充分可愛くて、これを魔改造することに心が痛まないでもない。それでも俺たちはそれを裁《た》ちばさみで前身ごろと後ろ身ごろを真っ二つにし、椿Aがつねに部屋で着ている予定のカーディガンと組み合わせられるようにした。

カーディガンのほうは、前身ごろと後ろ身ごろを分け、撮影の時だけ縫いつけて使いまわす予定だ。見えちゃいけない部分が見えた時は、加工でどうにかするしかない。

この作業でつくづく女子がいてよかったと痛感しきり。裁ちばさみだの前身ごろ後ろ身ごろだの、今まで無縁だった用語が飛び交い、こんなところで服の構造に一気に詳しくなっている男連中に笑いが広がる。

そのほかにも、発泡スチロールにアルミホイルをくっつけるレフ板作りなど、小道具はあるものを使うか作るかのどちらか。金なし弱小サークルの泣けるところだ。

一番の難関は巨大な鏡の枠を、椿ABが同時にすれ違うところだった。

みんなで頭をひねりまくって案を出し合ったが、どれもどう考えても陳腐《ちんぷ》すぎた。

ある日遼平がドヤ顔でラウンジに現れ、鏡くぐりはCGを使うと宣言した。

え、そんな技術がどこに？　とみんなが頭上にクエスチョンマークを掲《かか》げる中、遼平は鼻の穴を膨《ふく》らませて言い放った。

「俺昨日徹夜で他の大学の映画サークル調べまくったんだよ。そしたらちゃんとCG使ってるとこがあってさ。だったら俺らだってやれるだろ。あれはもうCGじゃなきゃ無理だ」

みんな遼平の鼻息と目の下のクマに負け、お、おう、としか答えられなかった。

監督が誰だかわからなくなる場面も多く、統制のとれていない、いかにも映画作りを始めたばかりの学生集団だ。

手探り、試行錯誤、ダメ出しの嵐。

監督の名前で呼ばれることも多々ある映画のチームだが、うちは咲原《さきはら》組になったり神谷《かみや》組になったり、時には上田《うえだ》組や木村《きむら》組になる。この空気が気持ちいい。

みんなでやっとロケ地になる真葉の部屋の下見に行くことになったのは、小道具作りも佳境を越えたあたりだった。なかなか主要メンバーの予定が合わない。今回もナオだけはバイトが外せなくてパスだ。

ある程度椿の部屋のイメージに合わせ、真葉の部屋を変えることにもなっている。脚本を書いた真葉本人が自分の部屋を使っていいよ、鏡があるよ、と言っているんだから、相応の大きさのものがあるんだろう。

「でかっ」

鏡のことではない。

孝輔《こうすけ》が、松濤《しょうとう》にある真葉の自宅の前で身をのけぞらせるようにして吠《ほ》えた。

吠えたくもなるような邸宅だった。

緑豊かな庭園の、奥まった場所に建てられたヨーロピアン風の瀟洒《しょうしゃ》な建物が母屋《おもや》らしい。なんちゃって洋風とは一線を画《かく》す、歴史を感じさせる正真正銘の洋館だ。

広く芝を張った庭のまわりには高低差のある樹木。その真ん中には大理石でできた円形三段の大きな古い噴水があり、一番上の皿から水のカーテンがぐるりと一周を取り巻いている。

真葉の家も充分すごいが、まわりもそれに負けず劣らずの邸宅ばかり。数台が入るガレージには外車オンリーがほとんどだった。

渋谷《しぶや》の大混雑地帯から歩ける場所に、こんなに静かで上品な高級住宅街があったなんて知らなかった。

「こっちだよー。昼間は誰もいないから遠慮しないでね」

そう言って真葉は総勢七人の大所帯ぶんのスリッパを手際《てぎわ》よく並べた。巨大なシャンデリアの下がる吹き抜けの玄関ホールだけで、ゆうに俺の実家のリビングくらいはありそうだ。

スリッパなんか履《は》いたのはいつ以来だろう。スリッパなんて面倒くさいけど、ここでそれはいらないなんて言える雰囲気の空間じゃなかった。

スペースを贅沢《ぜいたく》に使った大きく螺旋《らせん》を描く階段の上、二階に真葉の部屋はあるという。

「でかっ」

今度孝輔が吠えたのは真葉の部屋の入り口に立った時だ。

横長ぎみの二十畳くらいの白いフローリングの一番奥に、グランドピアノが置いてある。ピアノのさらに奥に、黒い鉄で葡萄《ぶどう》を模《かたど》った作り付けの仕切りがあって、その向こうに天蓋《てんがい》付きの整えられたベッドが見える。

ベッドルームが別仕様、そこを合わせると三十畳は越えそうだった。

「真葉ってほんとにお嬢様なんだねー。わたしの友だちにはいないタイプかも」

優子《ゆうこ》がため息まじりに部屋を見回した。

「いや、……うん。親がたまたまね。でも忙しくてあんまり家にいない。家が大きいのは、単純に感謝してる、っていうか……あっ。使おうと思ってた鏡だけど、これだよ」

真葉の指さす先には横長の巨大な鏡があった。おあつらえむきだ。

それにしても……優子にお嬢様だと指摘されて、今みたいな歯切れの悪い返事をするのは、感覚が甚《はなは》だ普通の子だ。

真葉がエッジに入ってから二週間。高熱で一時的に変わった性格なんてすぐもとに戻る、と言われたけれど、その事象は今のところ起こっていない。

真葉を前から知っている俺と雄吾《ゆうご》も、もうすっかり今の彼女になじんでいる。

以前真葉と大ゲンカをした当人としては、なかなかの変化適応能力に、将来仕事でいかせるかも！　なんて自己満足に浸《ひた》ってみたいところだ。

なにかの拍子《ひょうし》にふと思い出し、以前の真葉に戻られたら困ると感じることも少なくなっていった。

そして今がまさにその〝なにかの拍子〟だった。

部屋は白塗りの壁に白いフローリング。グランドピアノ。薄型の大きな壁掛けテレビ。そのへんは今の真葉でも、へえさすがお嬢だな、くらいにしか感じない調度品だ。

でも、白い革で統一された大型ソファのセットやテーブルの趣味、飾り棚やガラスキャビネットに並べてあるものが、圧倒的に今の真葉っぽくない。

ガラスキャビネットにはブランドの時計やジュエリーがずらり。飾り棚の上には色も形もとりどりの、やっぱりブランド品のバッグがずらり。

こういうものをあんまり人に誇示するように飾りたがる女の子に今は見えない。これは高熱が出る前の村瀬《むらせ》真葉の趣味そのものだ。

それでも今の真葉は、模様替えをしたいとは考えないんだろうか。

「真葉ちゃん、配列とかカラーのセンスがすごくいいよね」

今俺がまさに感じ入りながら眺めていた飾り棚への感想を、かすみが口にした。

「そう？　ありがとう。インテリアに凝《こ》るのは好きなんだ。でも椿Aの部屋って感じじゃないよね。好きに変えちゃっていいよ」

「そうだね。でもせっかくこんなにセンスのいいデコレーションなんだから、崩すのもったいなくない？　このクマとかここに置くの、絶妙で超可愛いよね！」

そう言って優子が、きらっきらのガラスビーズみたいなものでできたおおぶりのクマを取り上げた。

「うーん、そうだね……。そうそうそのコはそうやって赤いバッグと一緒にいると、キラキラが引き立つでしょ？」

真葉がクセのあるふわふわした髪を触りながら、困り顔をした。

女子二人はどうやらこの部屋に萌《も》えているらしいから、抜群の配色、配置センスがあるのかもしれない。正直俺にはよくわからない。

「貴希《たかき》や遼平なんて、ものすごくセンスなく変えちゃうだろうから、今のうちに、真葉、写真撮っときなよ」

「優子ちゃん。そうしようかな。一から考えるの、めんどくさいしなー」

真葉は携帯を取り出して、部屋のあちこちを写真に撮り始めた。

「まーは！　もういいかあ？」

けっこう細かいところまで撮っていた真葉に、背中から遼平が声をかける。

「ああ、うん。ごめんごめん、もういいよ」

真葉は携帯をポケットにしまって俺たちのほうに向きなおった。

「しかしなあ、この部屋じゃどうがんばっても地味にはならないから、椿は金持ち、って設定だな」

「だよなあ」

遼平と孝輔で感想を漏らす。

撮影に使うことが必須《ひっす》の例の鏡は、ドアを開けるとすぐ横の壁に固定してある。そして鏡と直角の位置、ドアの横にバッグの置いてある三段の飾り棚がある。

「バッグとか全部クローゼットに入れちゃうか？　位置的にどうやってもこれ、画面に入っちゃうでしょ？」

真葉自身がそう言うと、率先して飾り棚の上のバッグ類を集め、両手に持てるだけ持ってピアノの後ろにあるウォークインクローゼットに向かった。

入らないようにちょっとやってみるよ、と声をかけようとしたときには、彼女はパタパタと動いていた。ベッドルームに使っているスペースの一部は、ウォークインクローゼットになっている。

真葉に続いて優子とかすみも残りのバッグをためらいもなく腕にいくつも引っかけ、わあおすごい、このブランド大好きだけど手が出なーい、なんてはしゃぎながらクローゼットに向かった。

さすがに男連中の中に高価すぎる女の子の私物に手を伸ばせる猛者《もさ》はいない。俺たち男どもはやることもなく、気まずくそのへんを眺めまわしていた。

そこで気がついた。横が二メートル近くある大きな鏡は全身が映るものじゃない。横長だった。

下が作り付けの薄いマントルピースになっている。小さいけれどちゃんと中に暖炉も入っていた。

マントルピースは海外インテリアを意識した金持ちの家にはあるイメージだけれど、あったとしても普通はリビングだろう。ここにあるということは、自分の部屋にわざわざ作ってくれと頼んだものに違いない。

マントルピースの上に大きな鏡。子供の頃に見たアリスの挿絵そのものだった。この鏡を女の子が、真葉が通り抜けるのか。やっぱり想像するといたく幻想的だ。

鏡を確認する前に撮影方法をああだこうだと議論していたけど、この仕様だとやっぱりCGを使わないとあまりに貧弱な映像になりそうだった。

「こっちのガラスキャビネットはどうする？」

真葉がいつのまにか戻ってきて、アーモンド型の瞳で俺を見上げていた。

マントルピースから少し間をあけた壁側に、時計やジュエリーが収められている豪華なガラスキャビネットがある。これはさすがに、中身以前に入れ物からして椿の部屋のイメージに合わない。

「真葉、ちょっと鏡の前に立ってくれる？　遼平、カメラチェックしよう。あのキャビネットが映らない角度で、本人椿Aと鏡の中の椿B、引きで撮れるか？」

「じゃあ着替える？　あの前後《まえうし》ろが違う服、今あるよ？」

小道具は部屋の広い真葉と遼平の家に分けて置いてある。

「マジで？　おおかたのチェック終わるじゃん」

「着替えてくるね」

真葉は奥のクローゼットに消えていった。

前後が別物のへんてこな服を着て真葉が戻ってきた。

「携帯で角度、見てみるから真葉、鏡の前に立って」

「うん」

本体背中と鏡に映るその本人の前面、そういう構図は映画でたびたび目にするものだ。だけど実際、人の部屋でやろうとすると案外難しい。

なんせ鏡だから、本人だけじゃなく後ろのものが全部、特に絶対に映っちゃいけないカメラマンの遼平が入ってしまうのだ。

「もっと角度つけるぞ、真葉、ゆっくりまわる、カメラに背中な」

「うん」

遼平の指示のもと、細工をほどこした服を身に着けて動く真葉。

ひきこもり椿Aの地味な後ろ姿、鏡に映る椿Bの華やかな上半身、キャビネットを入れない、そしてカメラマンは映らない、ジャストな位置を探さないとこの難易度の高い構図は撮れない。

角度的にどうしても無理だったら、加工で映したくないものを切り取るか……。

俺も自分の携帯でチェックしながらいろいろと考えていた。でもここの撮影はどうにか乗り切れそうだ。

だいたいのロケ地の下見が終わると、真葉と優子とかすみが下のキッチンへ飲み物を取りに降りていった。

幸いなことに優子と真葉は今ではすっかり仲良しだ。

最初の衝突が、あねご肌で異様にあっさりしている優子じゃなかったら、ああはいかない。かすみだったら最初の時点で真葉に対して壁ができていた。

俺にDVDを持ってきたのが、助っ人も含めるとかなり多いエッジ女子の中でも優子だったことは僥倖《ぎょうこう》だ。

「おやつだよー」

優子がトレイにアイスコーヒーのグラスと、お茶のペットボトルを何本か載せて戻ってきた。優子に続いて真葉とかすみも入ってくる。それぞれトレイにケーキやクッキーを載せていた。

「真葉ちゃんちのキッチンすごいんだよ！　全部外国製でかっこいいのー。冷蔵庫なんかめっちゃ大きいんだからー」

かすみが興奮ぎみに報告してくる。

そりゃそうだろうな。家の外観やこの部屋に来るまでの内装を見たってキッチンがすごいことは、充分想像がつく。

「こういうケーキが常にあること自体がすげえよ」

そう言って俺はいかにも高そうな三角のショートケーキを手づかみで食べた。いままで口にした中で間違いなく一番高級な味だった。


八時ちょっと前に真葉の家を全員で出る。その時間になっても、真葉の家族は誰も帰ってこない。

真葉の家の門まで向かう庭先で、ちょうど隣を歩いていた彼女に何の気なしに問う。

「真葉って一人っ子？」

「そうだよ。咲原くんは？」

そこで俺は、不覚にも言葉につまってしまった。無駄に二秒も間が空いてしまう。

「俺は……えーと、うん。……兄貴が、いるよ」

「そっか。そんな感じだよね」

真葉が隣を歩く俺を見上げにこりと笑う。きれいな歯並びの中、かすかに八重歯《やえば》ぎみの小さな犬歯が口元から控えめに覗《のぞ》く。

俺に向けられた笑顔なんて見たことがなかったから、真葉に八重歯があることを知らなかった。完璧な歯並びだから逆に目立つこの犬歯は、けっこうなチャームポイントだな、なんてぼんやりと考える。

渋谷まで送るよ、という真葉の言葉をみんなで辞退して門の前で別れた。

住宅街から渋谷に出てしまえば、人が多くて夜になっても女の子一人で歩くのにまるで危険はなさそうな地域だった。

でも駅付近や繁華街には、俺たち見ての通りやばいです！　を地《じ》でいく兄ちゃんたちがうようよしている。

人がいないのも危険、人が集まりすぎる場所もそれはそれで違う意味で危険。俺たち世代の女子は大変だな、とつくづく思う。


「まずい」

渋谷駅でパスモを出そうとして気づいた。

「どうした貴希」

「俺、真葉の家に携帯忘れたかも」

「マジで？　よく探してみ？　リュックの中とかポケットとか」

隣を歩く孝輔に言われるまでもなく、もう何回もチェックした。

「俺、鳴らしてやろっか？」

孝輔に携帯を鳴らしてもらったけれど、荷物の中でそれが作動している気配もなかった。

「めんどーー！　やっぱ忘れたみたいだわ。戻る」

「明日じゃダメなの？　俺、真葉ちゃんに電話して明日、貴希の携帯持ってきてって言ってやるよ。絶対真葉ちゃんの家だよな？」

「うん。あそこで使ったもん。携帯でカメラチェック、俺もしたもん」

「ああ、だよな」

「明日でいいじゃん。もう帰って寝るだけだろ？　明日持ってきてもらえよ」

「ここからまた戻るの、さすがに面倒だろ」

前を歩いていた遼平も雄吾も足を止め、口々に言う。優子とかすみも寄ってきた。

そう、とっても面倒。

松濤の真葉の自宅と最寄《もよ》り駅の渋谷は、歩いて二、三十分はありそうな感覚だ。初めて歩いた道だからよけい長く感じるのかもしれないけど、決して近くはない。

「いや戻るわ。やっぱ気になるし」

「明日貴希、一限からだろ？　その授業、真葉と一緒じゃないの？」

「一緒だけど」

「頼むわ」

「電話しといてやるからその授業で渡してもらえよ」

「んー、やっぱ、戻るわ」

強情――！　とあきれるみんなの声を背に、俺はもと来た道を真葉の家に向かってひとり歩きだした。

ひっきりなしに走る車の音やたまに響く意味不明のクラクション。笑いさざめく男女の声も、あがる嬌声《きょうせい》も今日はなぜか不快ではない。

見上げれば空には、ふだん目にしない赤みの強い満月が浮かんでいる。しかしせっかくのきれいな月も、渋谷の街では原色ネオンに負けて、誰にも気がついてもらえないようだった。

# 5

真葉《まは》の家まで戻り、門のインターホンを押した。

はい、と大人の女の人の声がした。真葉の母親だろうな、と思い、学校や名前、真葉との関係、携帯を忘れたことを告げて彼女を呼び出してもらった。

一分と待たずに真葉が俺の携帯を持って薄闇の庭から現れた。

「はいこれ。部屋にあった。神谷くんから電話が入ったんだ。入れ違いになると面倒だから家で待ってた」

真葉が俺に携帯を、両方の手のひらに載《の》せて差し出した。

「悪いな、こんな夜に。明日にしろってみんなにさんざん言われたんだけどさ」

「いいよ。咲原《さきはら》くん、それ大事にしてるでしょ」

誰にも言われたことがないことをふいうちのように指摘され、目が一瞬不自然に左右に泳いだ。

携帯を受け取りながら、ごまかすように言葉を探す。

「ごめんな。食事中とかじゃなかった?」

「うん。平気。入れ違いくらいでママたち帰ってきてさ。もうだいたい食べ終わってたところだから」

「めっちゃ手際《てぎわ》いいな」

「うん、あの、共働きだからさ。通いのお手伝いさんが大方《おおかた》の食事の用意はしてくれてて、温めるだけなの」

「すげえ!」

俺の栃木《とちぎ》の実家もフルタイムの共働きだけど、仕事が終わってからバリバリに母さんが作っている。

「もう、いちいちすげえすげえ、言わないの! たまたまそういう家なんだってば。確かにいろいろ感謝は多いけど、わたしが威張《いば》れることじゃないでしょ?」

「謙虚だな」

「他になんて答えればいいのよ。もう……あんまりお金持ちお金持ち言われるのも返答に困るんだよ、正直」

「そうなんだ? ものすごく新たな一面!」

真葉はふくれっ面《つら》をしながら住宅街の出口のほうに歩き始めた。方向転換をして、それを俺が追う形になる。

「真葉、いいよ。もう暗いから女の子が渋谷《しぶや》を一人で歩くの、よくないだろ？」

これで渋谷の街に出られたら、また送り返さなきゃならなくなりそうだ。

「住宅街の中だけ散歩。まだ九時前だよ？」

「そっか。まあ、今日は月がきれいだしな」

そこで真葉はおもむろに足を止め、振り向いた。ふくれっ面の上に微妙に困惑《こんわく》の表情が混じる。

「今の、どういう意味か知ってる？」

「え？」

「月がきれいですね」

「え？　今日、すごい月がきれいじゃん。満月の上に、ピンクっぽい不思議な色だろ？ここは光が少ないから渋谷の街中よりよっぽどきれいに見える」

「月がきれいですね、は、Ｉ　ＬＯＶＥ　ＹＯＵの意味なんだよ？」

「は？」

「夏目漱石《なつめそうせき》がね、英語の教壇に立ってた時、Ｉ　ＬＯＶＥ　ＹＯＵを、我、君を愛す、っって訳した生徒に、日本人はそんなこと言わないから、月がきれいですね、とでも訳しとけ、って教えたんだって」

ああー、そういえばそんな話があったかも、とおぼろげに思い出した。でももちろん。

「俺は別にそういう意味じゃ……いやまったく」

ふるふるとすごい速さで否定の首ふりをする。

真葉はきゃらきゃらと鈴が鳴るような声をたてて笑った。

「わかってるよー。咲原くん、夏目漱石に興味がありそうにはとても見えないもん」

「失礼な」

「しかもだよ？　これって最近はほんとに告白に使われたりするんだってさ。ラインとかで月がきれいですね、って送ると、好きですつき合ってください、の意味なんだって」

「だから違うって」

「だからわかってるって」

間が悪くなった俺は話題を変えた。

「真葉は読むのか？　漱石」

「うん。わたし、身体が弱かったからね、初等部から高校の最初くらいまで、学校は休みがちだったんだよ。家で時間がけっこうあってさ。父親が本好きな人だから、図書室みたいのがあってさ」

「すげえ！」

「だからそれは言わない！　図書室があるよりも、元気で遊びまわれるほうがずっといいでしょ？」

「そうか、そうだな」

金持ちで何の不自由もなくて、だからあんなにわがままで自己中心的な性格に育っちゃったのかと思っていたけど、真葉は真葉なりに、俺が無縁だった苦労をしていたんだろうか。

「今はなんでも読むけど、子供の頃は文学作品しか読ませてもらえなくてさ。最初にハマったのが漱石だったんだよね。『三四郎《さんしろう》』とか『坊ちゃん』とか、『こころ』とかさ。すごく尊敬してるの。深い言葉がたくさんあるの」

こんなに立て続けに話す真葉は初めてだった。

「ふうん」

「あっ、ごめん。わたしの好きなものの話ばっかりしちゃったよね。映画もかなり観《み》てるよ。だから、けっこう詳しいし好きだよ」

真葉の話に興味がなかったわけじゃない。ただ初めて聞くことばかりで単純に驚いていた。身体が弱かったことも。夏目漱石が好きだということも。

一年間同じ法学部にいたけれど、エッジに入ってくるまでの真葉のことを、俺は〝性格が異常に悪い〟こと以外何も知らない。

もしかしたら、大学もけっこう来られないことが多かったんだろうか。そういえば、村瀬真葉のいない語学授業は天国、とか失礼なことも思っていた。

「夏目漱石か。真葉はその中でこう、座右《ざゆう》の銘《めい》的なものってあるの？」

真葉が俺の興味のある話題に移そうと映画を引き合いに出してきたのに、俺は……もっと真葉の好きなものの話が聞きたいと、なぜか思った。

「えと……前向きな人だったんじゃないかな、って思うの」

「おう」

「一番好きな言葉はね、僕は死ぬまで進歩するつもりでいる」

「…………」

死ぬまで。

自分が死ぬことなんて、霞《かすみ》がかかって見えないほど先の話にしか思えないのが本音だ。いまひとつピンとこない。

でもこの年齢から死ぬまで進歩し続けるのか。それは想像すると確かに驚異的なことだ。

「きっと死ぬ間際《まぎわ》まで進歩しようと努力し続けたんだよ。最後まで書いてた『明暗《めいあん》』は未完なの」

「気の遠くなる話だな。簡単にできることじゃない」

「でしょ?」

「幅が広いよな。月がきれいですね、からの死ぬまで進歩、だもんな」

「そうそう、ちなみにねー、今日の月がこんなにピンクがかってきれいなのはね……」

そこで真葉は口を濁した。

「やっぱいいや」

「なんだよ、途中でやめるなよ」

「なんか、言おうとしたこと忘れちゃった」

はにかむような笑顔になぜかドキッとした俺は、真葉の言葉をそのまま流した。

「ばあさんかよ」

「でへへ。好きな作家のこと話したから次は咲原くんの番だよ」

「え?」

「映画の話、しようよ。わたし、映画も数観てるからついていける自信あるよ。あ、スプラッタ系とか怖いのは無理だけど」

好きな映画の話、か。

高校まではずっと運動部に所属していて、それはとても充実した時間だった。けれどその一方で、映画も俺にとっては当たり前に近くにある存在だったのだ。

友だちと映画に行くと、観た後それについて意見を交わすのが楽しかった。

でも、映画館の席を立ってから一切その話題に触れないやつも多くて、そういう時は、く――これは辛《つら》い、ともどかしさを感じていた。

みんなが他の話題ですでに盛り上がってしまった後でも、俺だけは映画の世界から抜け切れず、まだ感想を言い合いたくて仕方がなかったのだ。

でも時には一緒に行ったやつと、怒濤《どとう》のようにしゃべり続けることもあり、世の中には俺のような人種もいるのだと知った。知ってからは、映画に限ってはそういう友だちとばかり観に行くようになった。

大学に入って、身体を動かすのもいいけど、後に形として残るものを仲間と作りたい、それができるのはきっと今だけだと立ち上げたのがエッジだった。

好きな映画の話題は、最も楽しくて心躍《おど》るもののはずだ。

「俺さ、今回の椿《つばき》ABの話が好きだよ」

好きな映画、と振られて真っ先にまだ撮ってもいない真葉の脚本が脳裏《のうり》に浮かんだ。

見せる。

虚《きょ》をつかれた真葉は、妙な間《ま》をあけてからそう返した。それからかすかに照れた笑顔を見せる。

「だけどさ、俺、最後の解釈？　あそこがしっくりこない。こう、歯がゆいというかじれったいというか、きれいにまとめすぎ、っていうかな」

「え？　どこのこと？」

もうすぐ渋谷の大通りに出る住宅街で、少しだけ先を歩いていた真葉は、完全に足を止めた。

住宅街の街灯は温かい色で、遠くに見える渋谷の派手な灯《あか》りがやけにもの哀《がな》しく映る。

真葉の住む街、松濤《しょうとう》も緑が多かった。でも人の手による緑が多いせいか梅雨《つゆ》の合間の草いきれが、俺の住む雑司ヶ谷《ぞうしがや》よりもこの街のほうが若干《じゃっかん》薄い。雑司ヶ谷の緑は主《おも》に雑草だ。

「最後だよ。椿Aは裕也《ゆうや》のことが好きになったのに、そのまますんなり自分の世界に帰るだろ？」

「えっ？　だってあれでどこに他の選択肢があるの？　裕也は椿Bの世界の人間で、椿Aが本来いるべき場所じゃないんだもん。そこが切ないっていうかね」

「わかるよ。でもそれじゃ普通だよ。だいたいきれいすぎて嘘くさいんだよ。ものわかりよく自分の世界に帰って、好きな人からも身をひいてわたしかわいそうでしょ、みたいな？　こう、よくある展開なんだよな」

「そりゃ……、そうかもしれないけど。じゃあ、あそこで椿Aがどう行動すればよかったの？」

「もっとこう、椿Bに掛け合って、わたしも裕也が好きになって裕也もわたしが好きになって両想いになったから、交代したままにはできないか、って相談するとかな」

「勝手すぎるでしょ、そんなの！」

「でも好きになるって本来勝手なもんだろ。それが両想いにまでなってんだぞ。両想いの裏じゃ誰かが泣いてるのが現実ってものだ」

「そんなことしたらめちゃくちゃになっちゃうよ。恋愛に限らずどうにもならないことだって実際はたくさんあって、それを書きたかったのに！　もうこれだから苦労知らずのお坊ちゃんが映画なんか作るとおかしなことになるんだって！」

「なんだと？　あれだけお嬢のお前にお坊ちゃんとか言われる筋合いはねえだろ？」

「お金の問題じゃなくてっ。苦労知らずだって言ってるんだよ。あの映画にしたって椿Aはそれでいいかもしれないけど、自分の世界を乗っ取られた椿Bはどうなっちゃうのよ」

「だからそこまでは言ってないだろ？　運命を受け入れるだけじゃなくて！　もっと、それを切り開く努力をしろって言ってんだよ！」

「そんな……そんなのはただの身勝手だよっ。終着点の方向がずれてる！」

「それは解釈によるだろ」

「咲原くんは努力だけじゃどうにもならないことに直面したことなんてないんだよ。そこがお坊ちゃんだって言ってるの！」

「じゃあお前の好きな漱石の言葉はなんだよ？　死ぬまで進歩するつもりでいるんだろ？　それは死ぬまで努力する、あきらめない、って意味なんじゃないのかよ？」

　そこで真葉は、ぐ！　と唇を噛みしめて黙った。黙るとそれが合図みたいになって、みるみるうちに瞳に涙が溜まった。

「ばかっ。崖《がけ》っぷちの痛みなんてわかんないくせに、知ったふうなこと言わないでよ！　最悪っ」

　真葉は涙がこぼれる前にくるりと俺に背を向け、自宅の方に走り出した。日が長くなっているとはいえ、もう充分に夜の帳《とばり》が下りていた。

　あんなに走ったら危ない。こけそうだ。

　自分が泣かせた女の子が走って遠ざかっていく。どうにかしたほうがいいのかもしれないけど、俺には方法がまるで思い浮かばなかった。

　はからずも目にした真葉の涙が鋭い針になって心臓の中心に突き刺さる。それが背中を貫通してアスファルトに俺を縫いとめた。みぞおちから胸まで縦に走る、経験したことのない痛みで足が動かない。

「わけのわかんねえ女」

　悪名高い高飛車女だったのに、エッジに入ってからの真葉は、最初の約束――なんでもやるよ――どおり真面目に映画づくりに取り組んでいた。どんなに地味な仕事でも嫌な顔一つせず、むしろ誰よりも楽しそうに立ち働いていた。

　絵コンテを無視して書き換えようが、セリフの修正をしようが、ただ黙ってうなずいていた。

　それがなんだ、いきなりのあの豹変《ひょうへん》は。まだ変えると言っているわけじゃない。

　確かに監督は俺だけど、エッジの映画は基本意見を出し合ってみんなで作っている。その意見のひとつを述べたまでだ。だいたい真葉が監督の好きにやれって言ったんだ。

　自分に言い聞かせてみたものの真葉の涙が、こびりついたように脳裏を離れない。

「やっぱ、さすがにやりすぎってか……」

　あれは真葉が一生懸命考えた脚本だ。たぶん俺は、何も主張しない真葉に甘えていた。

俺がエッジに迎えるのを嫌がっていたのを知っていたから、真葉はもしかしたらだいぶ我慢をしてくれていたのかもしれない。

薄闇に溶けて、もうほとんど見えない真葉の後ろ姿を睨《にら》みながら考える。

俺史上最悪に嫌な女だったはずなのに、いきなり独創的で興味をあおる脚本を作ってきてエッジのメンバーの心をつかんでしまった。

子供の頃病弱だったとか、夏目漱石を尊敬しているとか、死ぬまで進歩することに決めている、なんて名言が好きだとか。映画の話もしようよ、とか。

いらない情報や知らなくてもいい言動ばかりを一挙に吹き込まれ、俺は動揺している。

つくづくつかめないやつだと思った。

同時にいつまでもくすぶり続ける胸の痛みに本気で辟易《へきえき》し、そのことにいらだってもいた。

真葉が次の日の一限に来なかったことで、俺のいらだちは最高潮にまで達した。その原因が俺自身よくわからない。

真葉は自分が懸命に頭をひねってつむぎだした脚本にケチをつけられて、へそを曲げているだけだ。

身体が弱いらしい真葉。まさか体調を崩したわけじゃないよな。

唐突に昨日真葉が、俺に携帯を返す時に両方の手の上に載せて差し出したことを、思い出した。その後、大事にしているものでしょ、と笑った。

あいつは人が大事にしていると思ったものを、ちゃんと自分も大事に扱ったのだ。

それなのに俺は、あいつがきっと大事に丁寧に温め続けてきた話を、同じように扱えていただろうか。

俺があの脚本に対して自分の意見を展開すること自体は悪いことじゃない。

だけど、もう少し他に伝え方はなかっただろうか。どうしてもっと真葉の脚本に対して、きちんと敬意を払う言葉の選択ができなかったんだろうか。

一限から始まった午前中の授業は、機械的にノートをとるだけにとどまり、まるで頭に入らなかった。

ちゃんと来てくれれば、悪かったよ、意見を出すにしても言い方ってものがあったよな、と謝ることもできた。

真葉、どうして来ないいんだよ。

真葉のいない昼のラウンジで、遼平や孝輔《こうすけ》やナオに脚本の最後の展開について、昨日彼女に話したのと同じ自分の見解をぶちまけてみた。

午前中、真葉に対しての自分の態度を後悔しすぎた俺は疲れはて、一周まわって凶暴な気持ちになっていた。

それればかりじゃなく、実は最初にあの脚本を読んだ時から、俺はある種の歯がゆさのようなものを感じていたのだ。その正体がつい最近までよくわからなかった。

正確に言うと昨日真葉と話をしていて、突如《とつじょ》ぶわりと姿をあらわした実態だった。自分にとってはこういう展開のほうがしっくりくる、と。

「いや、貴希《たかき》の案は普通にないから」

「マジマジ、それはありえない」

「うん、そうだね。まったくないね」

遼平も孝輔もナオも、にべもなかった。そんなに俺の考えは、的《まと》をはずしているんだろうか。どうもそうらしい。

凹《へこ》んだ俺は、その後しばらくは、他の三人——そのうち人数が増えてきて、六、七人——で今後どうするか話し合いをしているのを、上《うわ》の空で聞き流していた。

片手で頬杖《ほおづえ》をついて、ガラス張りのラウンジの向こう側、イチョウ並木を学生が行き来する足元をぼんやりと眺めていた。

――真葉――。

思わず背骨を伸ばしたせいで、頰から自然と手が離れた。

白いTシャツにオレンジがかった鮮やかな赤いミニスカートを穿《は》いた小柄な女子が、往来の先のほうから近づいてくるのが視界に入った。小走りでここのラウンジの前まで来ると、その子はぴょんぴょんと飛び跳ねるようにして階段を降りる。

肩くらいの長さのウエーブのついた髪が、初夏の風にさらわれて舞った。

ガラス扉を押し開けると、この長テーブルにまっすぐ早足で向かってきた。

テーブルの角まで来るとストレートに俺を見つめ、口を開いた。

「咲原くん昨日はごめんね。最初に監督の好きにやっていいよってわたしから約束してたもんね」

前もって決めていたセリフをそのまま口から出した、がまるわかりの見事な一気読みだった。

「え、監督の好きに、ってさっき貴希が言ってたあのむちゃくちゃな台無し展開の話?」

この憎たらしい言いぐさは遼平だ。

「聞いたの？　みんながよければそれでわたしは問題ないからさ」

「いや、問題ないわけないでしょ。その話はもうカタついてるから。貴希の見解もちゃんと聞いたよ。速攻却下されて、真葉ちゃんの書いてきた脚本そのままでいくことに落ち着いてるから」

「え？」

真葉はしゃべっていた孝輔から視線を俺に戻した。心底意外という表情をしていた。

「咲原くんはホントにそれでいいの？」

「いいよ。エッジは基本多数決だから。いくら監督でも俺の勝手にはならないの」

「そうなんだ」

そこで真葉は自分の脚本がいままで通りそっくりそのまま採用になると決まったのに、一瞬だけ複雑な、もっと言えば、傷ついたような顔つきになった。

「座れば？　真葉、飯食ったの？」

「ああ、うん。家で食べてきちゃった」

遼平に返事をしてから真葉は俺の横をすり抜け、エッジの中で一番奥に座っている優子《ゆうこ》やその友だちのテーブルについた。真葉がすり抜ける時、シトラス系のシャンプーの香りがふわっとした。

以前の村瀬《むらせ》真葉は、昼間からきついくらいの強い香水を使っていたはずだ。すれ違ったりしなくても、半径五メートルで充分匂った。

咲原くん昨日はごめんね、と謝った真葉の言葉を、俺はすぐさま粉々に咀嚼《そしやく》して飲み下そうとした。

でもそれは強烈なブラックガムのような苦さで、しかも噛んでも噛んでも一向に飲み込める状態にはならなかった。いつまでも胸の中にぐにゃぐにゃの塊《かたまり》で残り続けた。

ラウンジに入ってきて俺を見つめたその目が、いつもより赤く腫《は》れていたような気がすることも、自分の中で捨てておくことに決めた。

咲原くんごめんね、咲原くんごめんね、咲原くんごめんね。

俺はテーブルに右肘《ひじ》をついて深く頭を垂れ、右手で耳の後ろの髪の毛を力を入れてつかんだ。

謝るのはどっちだ。真葉が来たら謝れるのにと思っていたのは誰だったのか、忘れようと俺は奮闘《ふんとう》していた。

# 6

真っ青な空には絵に描いたような入道雲。雑司《ぞうし》ヶ谷《がや》光荘《ひかりそう》の緑のフェンスには自生の朝顔が絡《から》まって伸び、鮮やかな紫色の花をいくつも咲かせていた。

映画撮影がクランクインになってから一カ月が過ぎた。

監督は俺、助監督が孝輔《こうすけ》、撮影担当のカメラマンが遼平《りょうへい》。ナオは裕也《ゆうや》の役で出演。フットサルサークル、モルゲンで幹部の雄吾《ゆうご》は、メインじゃないほうの助監督をしてもらっている。

女の子陣は、真葉《まは》が主演の椿《つばき》ＡＢで一人二役。優子《ゆうこ》とかすみは椿Ｂの友だち役だ。

短編映画に仕上げて十一月にある大学祭で上映予定だった。

試験だ、レポートだ、と一時期は中断したものの、今は無事に夏休みだ。

いままで真葉と友だちじゃなかったから知らなかったが、彼女は壊滅的に法学部の必修科目である法律関係の勉強ができなかった。

試験前、俺と雄吾がかかりっきりで真葉の家庭教師をする。

一年の頃の単位よく取れたな、とあきれると、そこもギリギリだったとうなだれる。今の俺たちのようにお友だちが必死に教え込んだんだろう。

そのぶん英語だけは、こっちがうなるほどよくできる。小さいころからの英才教育のたまものなんだそうだ。

ともあれ前期の試験が終わり、やっと映画撮影に本腰を入れられそうだった。この映画は真夏の設定で、メインになる外ロケはこれからの季節にかかっている。

外でロケといえばちょっと頭の痛い問題もある。

「真葉、今日の撮影十六号館の前、それはわかるか？」

「もう何回もやってるとこでしょ？　さすがにわかるよ」

「今日、俺、集合まで雄吾とモルゲンの集まりに出るけど一人で行けるか？　わかんなかったら庭園前のカフェにいる」

「庭園前のカフェ？　ああ学食か。二階？　三階？」

「ちーがーう！　学食じゃなくて！　講堂前広場の道を挟んだとこにカフェがあるだろ？」

ごそごそとバッグからキャンパス地図を出してきて、眉間《みけん》にしわを寄せて真剣にそれに見入る真葉を眺めながら、ため息まじりの笑いがこみあげる。

「んー、ああ、ここのことか。よく行ってたとこ、かもしれない」

このカフェにいる、と告げたのは今日が初めてだけど、こんな簡単な場所がわからないってマジでうちの学生か！　と突っ込みたくなる。どれだけいままで友だちにおんぶにだっこだったんだ、って話だ。

人頼みが習慣になっているのは明らかだけど、それを差し引いても真葉は極度の方向音痴だった。

以前は、教室移動は友だちに全部おまかせで、なにも考えず一緒に行動していただけに違いない。

基本、キャンパス内で建物を使う時は許可が取れた場所で撮影をする。初めの頃の何回か、真葉は集合時間になっても現れなかった。

そんな時、純粋に心配する遼平や他のメンバーとは違い、以前の村瀬《むらせ》真葉をやつらよりもよく知る俺と雄吾は、まさかいきなり飽きてすっぽかされたんじゃ……と危惧《きぐ》することもたびたびだった。

伝えた撮影場所は、間違えようのないほどわかりやすいところだったからだ。しびれを切らせていると携帯に電話がかかってきて、迷った、とほざいている。

「どこにいるんだ？」

と聞くとえーと、近くの案内表示にはこう書いてあって、みたいにおもむろに建物の号数と学部学科や研究室の名前を読み上げ始める。

俺たちの通うキャンパスは都心にあって、学生数のわりに手狭だ。かなりの数の学部学科が詰め込まれている。

そこで知らない学部学科や研究室の名前を列挙されてもピンとこないことが多い。

「近くに何が見える？　何門の辺りにいる？」

「えーとね。銅像が見えるよ。南門の真ん前のすごく大きいヒマラヤ杉が近い」

「わかった。そのヒマラヤ杉の根元にいて。そこから動くなよ」

こんなことが何度か続いたため、極力撮影の時は同じ法学部の俺か雄吾が連れていくことが多くなった。

男子と女子だから、同じ学部でもいつも一緒につるんでいるわけじゃなかった。

真葉は以前の友だちともたまに話をしていたけれど、いっしょにいる女子のメンバーが変わった。

最初の頃は、おそらくは自分で目星をつけて仲良くしたいと思った女子たちに声をかけて、胡散臭《うさんくさ》い目で見られていた。

そのグループはものすごく露骨にかかわり合いになりたくないオーラを出していたはずなのに、いつの間にか真葉と自然に行動するようになっていた。

そのうちの何人かは、エキストラでエッジの撮影にも参加してくれることになっている。

真葉はまるで、季節外れの転校生のようだった。

「変わったよな、真葉ちゃん。このままずっとこうならいいのに」

おばあちゃんの介護の合間に昼のシーンを観《み》に来てくれた優子と笑いあう真葉を眺めながら、雄吾がぽつんと呟《つぶや》いた。

「そうだな」

「でも大谷《おおたに》たち、まだ真葉ちゃんは自分たちのところに戻ると思ってるみたいだぜ？　戻っても別にいいけど、性格まで戻るのはさすがにな」

「うん」

複雑だ。

大谷たちは別に彼女のことが好きだとか、心配しているわけではないらしいから。

優子を見送った真葉が、ちらりとこっちを見て俺と視線が絡む。最近よく目が合う気がする。

「高熱での一時的な性格の変化にしちゃ長くないか？　もう一カ月以上だもんな」

「三途《さんず》の川に片脚突っ込んで、このままじゃいけない、わたしのお葬式で誰も泣いてくれない、とかマジで悩んだって言ってたじゃん、最初の時」

「そうだっけ？　貴希《たかき》パニックしてたのによく覚えてんな」

「だな。あんまりびっくりして脳に刷り込まれたって感じ？　ほら熱出て苦しい時、このままじゃいけないって神の声が聞こえた、とも言ってたじゃん」

「あー、なんかそんなこと言ってたよな。ほんとに聞こえんのかな、そういう時って。それで神によっての性格改変ならもう戻らねえか」

「だといいな。神によってじゃなくて、神の言葉を聞こうとしてだろ？　いつ神の言葉をぶっちぎるかと思うと気が気じゃなかったけど、そういう気配の片鱗《へんりん》もないよな」

「このままずっと俺らの仲間でいるようにしか、最近は感じないよな。や、もうここまできたら戻るとかありえねえだろ」

「……だな」

俺はそれでもどこかでまだ怖がっていた。

噂でしか彼女の悪行を知らない人間は、もう以前の村瀬真葉のことなど記憶の片隅にもないらしく、話題に上ることもない。

演技をする真葉。笑う。怒る。泣く。俺の指示に神妙な面持《おもも》ちでうなずく。映画に対しての真摯《しんし》な気持ちが伝わってくる。

真葉は俺にとって、曖昧模糊《あいまいもこ》としてつかみどころのない不思議な存在になっていた。


撮影が終わり、まっすぐ雑司ヶ谷の家に戻る。

雑司ヶ谷霊園の中を歩いて帰るのが最短で近いし、なにより好きだった。

古くからある霊園で、緑が多い。もっとも緑の大部分は野放しの雑草だけど。

巨大な霊園を車が通れるような立派な舗装道路が貫き、そこから細いコンクリートの小道に枝分かれし、さらに脇に入るとむき出しの土の上に石畳が伸びている。土を踏み固めただけの道も珍しくない。

十メートルと置かずに大木がある道も多く、場所によっては暗がりになるほどだった。古い樹が多く、点検樹木に指定されているものもある。

夏でも何層にも及ぶ厚い葉の群れが強い日差しを遮《さえぎ》ってくれ、蚊にさえ気をつけていれば、マイナスイオン摂取が可能だった。

そして、ここは多くの著名人の永眠の地でもある。

広い舗装道路沿いの、ある墓石の脇を通る時、俺はそこで常に歩みが遅くなることをいつの頃からか感じていた。

巨大な一枚岩で作ったような奇妙な形をした墓石。肘掛《ひじか》け椅子だと言われているのを耳にしたことがあるこの墓石の下には、夏目漱石《なつめそうせき》が夫人とともに眠っている。

真葉は、ここに尊敬する作家が眠っていることを知っているだろうか。


漱石の墓がある区域の脇の道路をまっすぐに抜け、霊園の反対側に出ると俺のアパートが目の前だ。

靴音が甲高《かんだか》く響く階段を上がり、鍵をあけて一間しかない自分の城に入る。

風呂に直行し、べたついた髪や身体をぬるいシャワーで洗い流す。

Tシャツに短パン姿で、濡れた髪をがしがしとタオルで拭きながら、俺は机の前の椅子に座った。大学に入った時に買ったシルバーのノートパソコンを開く。

性格急変、二重人格、神の声。思いつく検索ワードを片っ端から打ち込む。検索ワードでひっかかったものを、さらに検索する。次々にページをめくり辛抱《しんぼう》強《づよ》く調べると、真葉の症状に似ているものがいくつか現れる。

今までも何度か、調べてみようとパソコンのディスプレイを開きかけたことがあった。でも怖かった。怖くてできなかったというのが正直なところだ。今日雄吾と話したことでやっと決心がついた。

以前の真葉の性格の悪さを知るあいつでも、もう彼女がもとに戻る可能性はないと考えている。きっとそうなんだと、やっと信じられるようになったのだ。

俺が最初に疑ったのは二重人格。

もしかして村瀬真葉に違う人格が誕生したんじゃ、と考えてみたけれど、日常レベルで人格の交代が見られるという症状に彼女は当てはまらない。

次に考えたのは心理学的な要因。

大きなショックがひきがねになり、今までの自分を嫌悪するようになる。高熱が大きなショックと言えるのかどうかは別として、死んでも泣いてくれる子がいない、とベッドにいる間悶々と嘆《なげ》いていたらしいから、可能性がないわけじゃない。問題は態度を改めようと思っただけで、雰囲気までガラリと変わることがあるかどうかだ。どうも納得できない。

次に病気、脳に何かできた場合だ。

だけどこれも真葉の変化とは真逆《まぎゃく》だ。イライラするようになったとか、味覚がわからなくなったとか、よくない方向への変化で、彼女に当てはまるとは言えない。

高熱の苦しさにうなされ、神の声を聴いた。

これこそ本人じゃなければ判断のしようもないだろう。

ただ神の声の場合は偉業を成し遂《と》げた人も多い。

俺が知っている人物ではマザーテレサがそうだった。はっきりと神の声を聴いて、一人修道院を出、貧困に苦しむインドの人々に救いの手を差し伸べることに生涯をささげた。

真実味を帯びたものからあきれるほど笑止千万《しょうしせんばん》なものまで、ネット上では、性格が変わった例は枚挙にいとまがなかった。

とりたてて珍しい現象でもないんじゃないかとさえ思う。

今は年齢より幼くさえ見える真葉。彼女の快活な笑顔だけを脳内に浮かべ、俺はとりつかれたようにキーボードをたたきまくる。

必ずもとに戻ると題された記事を読んだ時は、活字が胸に鋭く刺さり、肉をえぐられる感覚がした。真葉が、今の真葉じゃなくなってしまう。

さして伸びていない中指の爪がキーボードにひっかかり、同じアルファベットばかりが、画面上に高速で気味悪く羅列されていく。

俺ははっとわれに返り、キーボードから両手を離した。椅子から滑り降りてドターンと畳に仰向けになる。茶色い天井がぐるぐる回るようだった。

「ばかばかしい。何やってんだ、俺は」

とにかくこの世には科学では説明しにくい珍しい現象が多いことだけはわかった。

のめり込んで調べてみれば、別人物の憑依《ひょうい》だとか未来からのタイムリープだとか、果ては死神だの狐憑《きつねつ》きだの宇宙人の洗脳まで、どんどんベクトルがずれて荒唐無稽《こうとうむけい》なものになっていく。

性格が戻ったら戻ったで仕方がないじゃないか。とにかく今の映画撮影が終わるまでこのままでいてくれればなんの問題もない、と自分に言い聞かせてみる。

まわりのみんなは、もう真葉はあのままいつまでも自分たちの仲間だと信じて疑いもしない。俺も信じよう。信じるほうが楽だ。

認めたくはないけど、俺は過度に怖がっている気がする。

その恐怖が何かの拍子に姿を現し、真葉を突き放すような態度を取ってしまっているんじゃないだろうか。

一カ月前に脚本のことで真葉とケンカをした。思いやりに欠ける言葉で傷つけた彼女に、俺はまだ謝れずにいる。謝るタイミングを完全に逸してしまっている。

それならせめて、真葉は性格のいい可愛い女の子だと認め……。

俺はごろりと身体を横向きにし、自分の肘を枕に頭を抱え、眠る体勢を作る。

真葉の性格がいいとか……可愛いとか、認めるのはなぜか、なぜかとても恐ろしかった。

俺はそばにあったタオルケットを引き寄せきつく目を閉じて、まだ早すぎる時間から強引に夢の世界に入ってしまおうと試みた。

# 7

「じゃあ、ここから遊歩道の終わりまで椿《つばき》と裕也《ゆうや》の自転車二人乗りな。告白から、ＯＫまでの会話がちゃんと入るように」

「了解ー」

「了解でーす」

ナオと真葉《まは》が返事をする。裕也役のナオが自転車のサドルに、真葉は荷台に横座りでやつの腰に両腕をまわすポーズでスタートの準備をする。


　夕方涼しくなってから、ふらふらと散歩がてら自分の家のまわりをロケハンすることが多かった。でも雑司《ぞうし》ヶ谷《がや》近辺には、この一番盛り上がるシーンを撮るのにピンとくる直線道路がなかった。

　どこかの河川敷がいいんじゃないか、という話になりその方向でみんなで探していたところ、偶然にもまったく違うロケーションの場所に俺が一目ぼれをした。

通学に使っている都電荒川《あらかわ》線の、学校とは反対方向の王子《おうじ》駅近くにある遊歩道、醸造試験所跡地公園内にある短い遊歩道だ。

レンガ造りの趣《おもむき》ある門の中は桜の並木道だ。あとで調べたら公園内にある赤レンガ酒造工場が重要文化財に指定されていてびっくりした。三角屋根が連なるレンガ工場は可愛いし珍しいけど、今回使うのはこの景観じゃなくて桜並木の遊歩道だ。

河川敷より規模はかなり小さいぶん、日常に溶け込んだリアルさが増す。

大学からの帰り道の設定だ。河川敷だとロケーション的にはキレイでも作られた感がけっこうする、とたぶん監督である自分にしか理解できないこだわりだった。

八月で、生《お》い茂った緑の中で赤紫色の小さな花が一面に咲いていた。シロツメクサの赤紫バージョンみたいな花だ。

その向こうには赤茶色のアスファルトで舗装された遊歩道。片側は緑のフェンスでその向こうに並んで植えられている桜の木。今は葉が生い茂る緑の並木道だった。

監督の俺とカメラマンの遼平《りようへい》は、虫よけスプレーを露出している肌に盛大にぶっかけて膝丈《ひざたけ》に伸びた雑草群生の中に陣取る。

遼平のカメラは赤紫の花を、映画用語でいう〝なめて〟遊歩道を走る二人乗りの自転車を追いかけることになっている。

遼平は赤紫の花が手前に入るように一脚の長さを調整して草むらに立て、その上にカメラをぶれないように固定する。それから自分もその前にしゃがみこんだ。

自由にカメラの首を振れるようにあえて雲台《うんだい》は使わない。一脚は低い位置から固定で撮るのに便利だ。

孝輔《こうすけ》は一眼レフで二人の表情だけを別角度から狙う。一眼レフが一台しかないから、二人の表情を別々に撮ろうとしたら、最低二回はここを走ってもらうことになる。二回ですむわけがないと思うけど。

今日は出番がないのに来てくれているかすみと、同じく照明担当で出番のない雄吾《ゆうご》、それにエッジの他メンバーには、いわゆる人止めというやつをやってもらう。

許可なくゲリラで撮影する場合でも、一般人に入られちゃ困るわけで、そういう時は手の空いているエッジメンバー総出で通行人に頭をさげ、待ってもらうか他の道を行ってもらうようお願いするのだ。たまに怒りくるう人ももちろんいる。これもインディーズ映画の醍醐味《だいごみ》だ。

俺の掛け声、よーいスタート、その後の助監督孝輔のカチンコの音に、みんなが全身の神経を研ぎ澄ませて聞き入る。メンバー全員の、触れれば感電するような緊張感がマックスを迎える。この一瞬が最高に好き。

カチンコの音とともに順調に滑り出した二人乗りの自転車は、今が盛りの花の群生を手前に遊歩道の出口、レンガの門に向かう。スピードはそれほど出していない。

裕也が、他の世界から来たとは知らずに椿Aに告白をするシーンだ。

降り注ぐ蟬《せみ》しぐれ。桜の葉を揺らす熱い風。まき散らされる木洩《こも》れ日までが力強く真夏が全開で、その生命力に負けないような大声で告白のセリフ、つき合ってくれー、を口にするナオ。

わずかな逡巡《しゅんじゅん》のあと、椿AはOKする。

真葉が叫ぶセリフもそのまま単純に、いいよ、だけだった。

セリフが少ないぶん、表情とかすかな動作で気持ちを表す難しい場面だ。

ナオは何度か撮られる経験を重ねていて、それほど演技がヘタクソでもない。優しいイメージのイケメンナオは、最近撮られることに快感を覚え始めたらしく、どんなシーンでも臆することがなくなってきた。

問題は真葉だ。

真葉の場合、気分が乗るシーンはそこそこ上手《うま》いけれど、そうじゃない時は大根もいいところ、ど素人《しろうと》丸出しのスーパー棒読みオンパレードだった。

頼むぜおいこら！　と心の中で真葉にカツを入れ、彼女の表情に見入る。

演技初体験の真葉が、こんなこっぱずかしいシーンを上手くできるとは期待していない。たぶんここはNGの数も最高だろうな、と覚悟していた。

人止めにも限界があり、通報でもされようものなら目も当てられない。どうにも画《え》にならないようだったら、日を改めるしかないと思っていた。

ナオが告白のセリフを叫ぶ。一秒おいて、真葉がいいよーと答える。セリフのやり取りはたったこれだけだった。

長丁場に備えて努めて力みすぎずにいた俺の心臓が、真葉の演技で、自覚できるほどはっきり飛び跳ねた。

いいよーと叫んだあとの真葉はうつむき、ナオの腰にまわす腕に力を入れて抱きしめ、背中にそっと額をつけたのだ。そしてうつむき加減の頬に、なんと涙が伝った。

「カット」

俺がどうにか型通りにカットをかけると、隣の遼平がすぐ孝輔に向かって叫んだ。

「孝輔ー今、どっちのアップ撮ってた？　予定どおり？」

「いや、真葉ちゃん」

「よっしゃ！」

隣でガッツポーズをする遼平が次には俺のほうに向きなおり、ハイテンションのまま何かを口にしかけた。でも結局そうすることをやめてしまった。

おそらくは、俺があまりにも放心していたからだと、思う。

それからもう一度自転車を走らせナオのアップを撮り、めちゃくちゃに時間がかかるとふんでいたシーンの撮影は早々に終了となる。

二度目には真葉は涙を流すことはなかったから、打ち合わせでは最初にナオを撮ることになっていた孝輔の一眼レフが、彼女を写していたことは奇跡の拾い物になった。カチンコが鳴る一秒前、真葉の表情を見ての孝輔ひとりの判断だった。

孝輔のカメラ映像をみんなで確認する工程に、真葉はさすがにあれは恥ずかしい、と呟《つぶや》いてひとり離れた場所で心細そうにこちらの様子をうかがっている。

孝輔のカメラに写っていた真葉のアップは、押し殺された感情を表していて言葉が出ないほどきれい、いや、美しかった。

今日の撮影が終了し片づけに入る頃、ナオが急に気分が悪いと言いだした。

「なんか吐きそう」

「熱中症じゃねえの？」

気温は三十三度。それが一番妥当《だとう》な推測だ。

「水分摂取《せっしゅ》しろ。スポーツ飲料、自販機で売ってるよな」

遼平の言葉を遮《さえぎ》るように真葉が口を開いた。

「スポーツ飲料より経口補水液が今は必要だよ。電解質の吸収がそっちのほうがいいから。あと早く身体を冷やさなきゃ」

「は？　電解……？」

「日の当たらないところに移してそこで待ってて。今コンビニで必要なもの、買ってくるから」

そう言った時、すでに真葉は背中を見せて走り出している。

みんなどうしたらいいのかわからず、おろおろと携帯で熱中症について調べるくらいしかできなかった。

とにかくナオをこのへんで一番涼しそうな大きな木の根元に移動させる。

冷房の効いた店に入ったほうがいいはずだけれど、駅が近いとはいえ歩くとそれなりの距離があった。

吐きそうなほど気持ち悪がっているナオを、今無理に歩かせていいものかどうか判断に迷うところだ。

　そうこうしているうちに、真葉はコンビニのレジ袋をひっさげて転げる勢いで戻ってきた。すごい汗だった。駅前までの行き帰り、全部走りづめだったに違いない。

「身体の熱を取れば楽になるはずだから」

　真葉はコンビニのレジ袋から、それとは別のちゃんと買い求めた薄い小型のポリ袋を取り出し、そこにロックアイスを入れる。口をきゅっと絞って輪ゴムで止め、小さな氷嚢《ひょうのう》を四つ作るとこれもまた買ってきたらしいガーゼでくるんだ。

「首と脇の太い動脈が通ってるとこに当てて冷えた血液を全身に回すんだよ」

「へえ……」

　みんな、いつもの頼りない真葉とは違う彼女の言動に驚きすぎ、ただ口をぽかんと開けていただけだった。

「えーと、ちょっと失礼」

　真葉は一応ナオにそう断ると、返事も聞かずに膝《ひざ》をついて、なんとやつの左右の首あたりを指で探り始めた。

「あー、あったあった」

　一人で納得すると真葉はガーゼでくるんだ氷嚢をそこに押しつけた。

動脈を探していたのか？　よくそんなのがわかるな、と感心する。

俺はこの期《ご》におよんで動脈と静脈の違いはなんだっけ？　と中学生並みの疑問を頭に浮かべているというのに。

「自分で持てる？　あとこれは脇のぶんね。脇に挟んじゃって。そこにも太い動脈が走ってるから。気分が回復してきたら涼しい喫茶店まで歩いていける？」

「ああ、うん。真葉ちゃん、ありがと」

「あと、はいこれ。経口補水液だよ。吸収がいいからこれ飲んで」

真葉はコンビニのレジ袋からペットボトルを出してナオに差し出す。

「うん」

ナオが、真葉がいなかったさっきより……というか必要以上にぐったりしているわりには微妙ににやけているような気がして、思わずケリを入れたい獰猛《どうもう》な気持ちになった。

◇

その後、ナオを連れてみんなで喫茶店に移動した。吐き気ももうまったくなくなり、気分も落ち着いて復活したナオだけど、今日はこれで帰ると自分の荷物をまとめた。

気がついてみればもう九時近かった。親が厳しい真葉につき合ってかすみも一緒に帰っていった。

そうして残った男子メンバーで、飯を食いながら今日の撮影の反省と今後のスケジュールについて話し合うことになった。

遼平、孝輔、雄吾、俺の四人で王子駅付近にある居酒屋に移動する。混雑する店内の奥の座敷に通された。

昼からこの時間まで何も固形物を口にしていなかった育ちざかり終盤戦の男子四人は、から揚げ、餃子《ギョウザ》、焼き鳥盛り合わせ、ソーセージ、と次々に注文を口にする。気がつけば、テーブルには肉料理ばかりが所狭しと並んでいた。食物繊維が少なすぎ。

「じゃあお疲れさまー」

俺がビールのジョッキを前に突き出す。

「お疲れー」

「お疲れー」

「撮影後のビール最高！」

あとからそれに、三つのジョッキがガッチャンとしっかりぶつかり合って乾杯の音になる。

四人とも喉《のど》がからからに渇ききっていたこともあり、ほぼ一気飲みで最初のジョッキを空《から》にする。遼平が近くにいた店員さんに手をあげて合図し、同じビールを四つ注文した。

さすがに二杯目を一気飲みするやつはいなかった。俺以外には。

どうにもこうにも胸の内側がヒリヒリして、その原因が自分でもよくわからないことに俺はいらだっていた。気の合う仲間と撮影後のビールという大好きシチュエーションにもかかわらず、今日の俺のドーパミンは集団でサボリを決め込んでいるらしい。

「今日の真葉ちゃんすごかったよな。演技もすっげえ真に迫ってたし。ナオの熱中症にもテキパキ対応してさ。性格が最悪とか法学部のやつ、みんな言ってたけどデマだったんだな」

「…………」

「…………」

孝輔の言葉にとっさに反応できなかった俺と雄吾は、無言であさっての方を向いた。

「まあさ、今日の一番の立役者は孝輔だろ。真葉は演技の上手い下手《へた》にすさまじく波があるし。自転車二人乗りで、カチンコ前のとっさの判断で真葉のアップを先に撮ったのは大正解だったよ」

「へっへ。素直にありがと遼平。真葉ちゃん、めっちゃ深刻な顔してたんだよ。一回目のスタート前な。アップで見るとまさに恋に悩む女の子だったんだよな。だから共感できる場面とそれほどでも、って時とやたらめったら差が出るんじゃないかな」

「真葉ってさ、たぶん役者になれない体質なんだよ。だから共感できる場面とそれほどでも、って時とやたらめったら差が出るんじゃないかな」

遼平が賢《さか》し気《げ》にそんなことをほざくのにも、なかなか頭にくるものがある。真葉と学部の違うお前に、まだ知り合って三カ月たらずのお前にあいつの何がわかるんだ。

気がつくと俺のビールはもう底から一センチになっていたから、ひとり店員さんに手をあげて追加を頼む。

「え、貴希《たかき》、なんか今日、異常にペース速くね？」

俺のジョッキを隣の雄吾が驚いたような顔で覗《のぞ》き込む。

「そーお？」

お前らだって一杯目はほぼ一気飲みだったじゃんか、と他の三人のジョッキに視線を移してみれば、みんなまだ三分の一にも達していなかった。

「今日のシーンって要《かなめ》じゃん？　だから撮影に入る前にちょっと真葉に助言した。でもまさかあそこまで変わるとは想像もしてなくて、マジで恐れ入ったわ」

「えー、遼平、真葉ちゃんに何言ったの？　どんな助言であそこまで変わるわけ？」

雄吾が食いついた。

「今日の演技って真葉からしてみたらナオの背中しか見えてないわけじゃん？　だからその背中を好きなやつのだと思って演技しろって言ったんだよ。一回目はそれで自然に涙が出ちゃったんじゃないの？　でも二回目はたぶん、そういう自分に羞恥心《しゅうちしん》があって、うまく演技できなかった」

持っていた焼き鳥の串が、なぜかベシンっと折れる超常現象に見舞われた。

「うっわ！　何すんだよ貴希。今焼き鳥のタレ飛んだぞ？　あーあーおろしたてのシャツだったのにー」

「こないだの最終バーゲンで七〇パーオフで買ったやつだろ？　……あ、いや……悪かった、ごめんな雄吾。半端《はんぱ》なく似合ってるよ、そのシャツ。九八〇円にはとても見えない」

隣で雄吾が怯《おび》えた顔を向け、そのうえ俺から距離をとるように肩をすくめたから、よっぽど声に棘《とげ》があったのかと慌《あわ》てて謝った。

「なんか、貴希が途方もなく変！」

納得できない雄吾の言葉に答えず、俺はまた店員さんに手をあげてビールを注文した。

とにかく暑くて、さっきのナオじゃないけど胸の中で巨大な蛇がグルグルとぐろを巻いているような気持ち悪さで、吐き気がするのだ。でも尋常《じんじょう》じゃないほど喉が渇くから、ビールだけは絶対に必要。

俺も熱中症かもしれないのに、他の三人はまだ今日の真葉の演技について、思い浮かべた好きなやつに本気なんだな、だの、すげえ、だの不愉快きわまりない会話を続けていた。

その間俺のビールを空けたジョッキの数だけは順調に増えていく。今日割り勘勝ちするのは間違いなく俺だな、とほくそえんだところで遼平から、貴希は千円余分に払えと現実的かつ嫌な宣告を受けた、ような気がした。

気落ちした俺は、まだ料理の並んでいるテーブルに組んだ腕を乗せ、半分突っ伏すような形をとった。

もうどうやっても水分を受けつけないくらい腹がふくれたら、今度は急激に眠気が襲ってきた。

「真葉って……ナオのことが好きなのかな」

と誰かが、とんでもなくろれつの回らない口調で呟いた。

「いや違うだろ。だからな？　俺は顔が見えないんだから、ナオの背中を好きなやつだと思えって言ったんだよ。なにもナオだと思えとは言ってない」

「だけどさあ、ナオが熱中症になった時のあの対応はなんだよ？　あいつにあんなスキルがあったたか？　首のへんのじょうひゃくを指で探るなんて……エロっぽくて嫁入り前の娘がやることじゃねえよ」

またろれつのまわらない誰かが答えている。

「じょうひゃくじゃなく、動脈な？　つーか貴希、嫁入り前の娘っていったいいつの時代の人間だよお前は。真葉はさ、恋愛面に関してこう、著《いちじる》しく免疫がないっていうか、もろに態度に出てるだろ？」

諭《さと》すようなやけに優しい遼平の声がする。

「………」

「目の前でずっとそれを見てきたナオだって充分わかってる。だから熱中症でテキパキ自分の世話を焼かれたところでその気にはならねえよ。友だちのほうが大事！　あいつはちゃんと自分でブレーキをかけられる。第一ナオにはちゃんと彼女がいるだろ？」

そうか。そうだった、あいつ、彼女がいるんじゃん。それなのにあんなにニヤけやがって。

「だってナオ、まんざらでもないってか」

「そりゃナオだって男だし。真葉みたいな可愛い子に心配されたら悪い気はしないだろ？」

「へえ、可愛い、ねぇ」

俺はうーん、と突っ伏した腕組みの上で、顔の向きを変えながら皮肉っぽく呟いた。

いままではそれほどでもなかった餃子のラー油入り醤油《しょうゆ》の匂《にお》いが、急激に強くなった。

ああ、好物の餃子なのに、俺今日食ったっけ、と朦朧《もうろう》とした頭で考える。

「貴希さあ、何をそんなにがんばってるのか知らないけど」

「がんばってる？　俺がなにを……？」

「こいつ、まだ真葉ちゃんの前の性格にこだわってるんじゃないのかなー。遼平とか孝輔とか、他学部のやつは知らないだろうけど、マジで性格がやばかったんだよ、以前の真葉ちゃんは。貴希と派手にケンカしたことあるしな」

「真葉、そんなに変わったんだ？」

「うん。人に無意味な嫌がらせとかしなくなったってだけじゃなく、なんてったらいいのか、一番変わったのが雰囲気かもしれない」

「雰囲気？　どう変わったんだ？」

「説明するのが難しいけど、幼くなった。それが一番しっくりくるかな」

「あー、そうなんだ。真葉、年齢のわりに幼いよな。純情っていうか。だから貴希がそっぽ向いてる時とか、ここぞとばかりにガン見してるから俺たちには簡単にばれるんだよな」

「でもやっぱ、どうしようもない意地悪が治ったのが一番なんじゃん？　弱いものイジメ帝王だったからな。真葉ちゃんが少人数の語学クラスを休むと、特に女子のおとなしいグループは、遠くからでもわかるほど空気が緩むからな。今日は何も嫌味言われない、みたいな」

「今の真葉からじゃそれも信じがたい話だよな」

「まあな。だけど俺はなんとなくわかるんだよ、貴希の気持ち。好きだって認めてつき合い始めてからあの最悪な性格に戻られてみ？　それでもきっとこいつは真葉ちゃんが嫌いになれなくて、苦しんで傷つくのが目に見えてる」

「なるほどなー。確かに貴希は相手が悪く変わったから、ああそうなんだねバイバイって割り切れるほどクールじゃないよな」

「俺だって今さら真葉ちゃんが前の性格に戻るとは思わねえよ？　だけど貴希の防衛本能がガンガンに働いてるのははっきりわかるんだよな」

「それなー。でも貴希、全力で好きにならないように抗《あらが》ってる時点で、それはもう終わってる気がするぞ。残念ながらお前と真葉、時間の問題だと思うけどなー」

俺の頭が、斜め前方から伸びてきた手にちょんっと押された。

「遼平、なんか意味が逆じゃね？　別れるわけじゃなくて、つき合うのに残念ながらって」

ケタっと無理をしているような微妙な笑い声をあげたのは、このメンバーの中ではわりと寡黙《かもく》な孝輔だと、思う。

友だちが目の前で展開している会話の内容がわかるようなわからないような……。でもこれほど眠くても耳はなぜかダンボだ。

「でもさ、女の子だぞ！　泣かせてんじゃねえよ」

今度は、おそらく隣に座ってずっとしゃべっていた雄吾が、寝ている俺の頭を軽くはたいた。

「いでえな」

泣かすって俺が？　誰を？　理解不能。意味不明。それはアラビア語？

でも真葉は、別にナオを好きなわけじゃないのか。そこだけは確実に脳みそのしわに刻み込まれた。

眠気とともに、最初の頃とは違う吐き気が襲ってくる。まだ二十歳《はたち》になったばかりで本格的に酒が解禁になってから日が浅い。ここまで飲んだのは初めてだった。

その日、俺はどうやらべろべろに酔っぱらったらしく、雑司ヶ谷にあるアパートまで三人で送ってくれた。

「貴希、撮影まだ残ってるけど、一度チェックしといてくれる？　ラッシュで確認する前に」

ふらつく俺をアパートの二階まで送り届けると、こんなに泥酔《でいすい》している俺に遼平はカメラを押しつけてきた。

◇

「頭がー割れるー!!」

朝起きてみると、この真夏に昨日はシャワーも浴びないで寝たんだ、と一発でわかる自分の格好にあきれ果てた。

昨日とまるで同じTシャツとハーフパンツなのはやむなしとして、あちこちに泥だとかなにかよくわからない液体が付着していた。

割れそうな頭を両手でそっとかばい、極力動かさないようにゆっくりと歩く。とにかくシャワーを浴びないと気持ちが悪くて耐えられない。

「あったまーがー、割れるぅー」

ここまで見事な二日酔いをしても誰にも怒られない年齢なんだな、と妙なことに感動した俺は、自作の歌を小声で口にしながら浴室の脱衣所の扉を開ける。

狭い。もう遼平のところに比べると圧倒的な狭さ。

そこで俺は正体不明液体つき衣類を全部脱ぎ、洗濯槽に放り込んだ。いつもの倍の洗剤を入れて蓋《ふた》をしめ、スイッチを押す。

そのまま浴室の折り戸を開けて中に入った。充分温まるのを待たずに、シャワーヘッドから勢いよく飛び出す水を頭から豪快にかけた。

「ちべてー」

けど、みるみるうちに目が覚める。脳細胞がひとつひとつ花びらのように開いて、生き返っていくようだった。


着替えてすっきりした俺は畳一間の部屋に戻る。

そこには、昨日遼平が置いていったカメラがぽつんと残っていた。

どうしてこんなに中途半端なところでチェックしろ、なんて言うんだろう。撮影が終わるたびにみんなで画面を覗いて確認はしてきた。

俺はそれでもカメラを取り上げた。

あんなに酔っぱらっていたのに、なぜか昨日の遼平たちとの会話は、逐一《ちくいち》、鮮明に覚えている。どうして自分があんなに飲んだのかも、泥酔したのかも、認めたくはないけどわかってしまっていた。

遼平がこのカメラを俺に渡して帰った意図にだって気づいている。

目をつぶれるだけつぶり、あふれる気持ちを抑え込み、ひたすら仲間であろうとがんばり始めたのは、いったいいつからだったんだろう。

白旗を掲《かか》げるような気持ちで俺はカメラを起動させ、再生ボタンを押す。小さな液晶画面に映っているのは、たぶん俺がこの世で一番愛《いと》おしく思う存在だった。

ナオの背中に頬を寄せて静かに涙を流す真葉のアップに見入る。

恥ずかしすぎてチェックは無理だと断固拒否し、頬を染めたまま彼女は昨日、このカメラに近づきもしなかった。そういうところが、まったく真葉は女優じゃないと思う。

〝その背中を好きなやつだと思って演技しろって言ったんだよ〟

あんなに酔っていたのに、遼平の言葉をありありと思い出せる。

〝泣かせてんじゃねえよ〟

眠くて仕方がなかったのに、俺の頭を叩いた雄吾のその声が、鼓膜にこびりつくように残っている。

この透き通った涙は俺を想って流したと、そう信じてもいいのか？　それはうぬぼれじゃないの？

はっきり自覚できるほど胸が痛み、それがたまらなく爽快だった。

いきなりエッジに入ってきて、一緒に行動し始めてからの真葉の笑顔が、次々と切り変わる静止画のように脳内で再生される。

日常生活の中でも、俺にとって真葉は、いつのまにかたった一人の主演女優になっていた。どこにいようが、どんなに小さかろうが、俺のカメラは的確に真葉の位置をとらえることができる。

なーんだ、とあきれたような呟きが漏《も》れる。

カメラを操作しながらわれ知らず笑っていた自分を、はたから見たらさぞかし不気味だろうなと突っ込んでみる。

あんなに抵抗していたのに、いったん降参してしまうと、そこらじゅうをバック転してまわりたいような高揚感《こうようかん》でいっぱいだった。

# 8

真夏の外ロケが終わり、真葉《まは》の部屋でのロケも終わりを迎えようとしている。

俺と遼平《りょうへい》は、撮影のかたわら椿《つばき》ＡＢの鏡すり抜けＣＧ編集に頭を悩ませていたけれど、それだけはもうギブアップするしかないと判断した。

３ＤＣＧソフトは目玉が飛び出るほど高額だし、仮にそれが手に入ったところで俺たちが持っているパソコンでは起動もできないらしいと知った。他にも必要なソフトがいくつもある。

それでも、俺も遼平も一応あがいた。ほかに方法はないかと奮発して買った技術書を読んでみたものの、ヒエログリフの解読に挑んでいるような気分になるだけだった。もう木《こ》っ端《ぱ》みじんの完敗だ。

真葉のすばらしく幻想的な絵コンテも、いかに現実離れしたものだったのか思い知らされるだけだった。

かくして一番の見せ場になるはずの鏡すり抜けは断念。椿ABは入れ替わった状態でお互いの世界に現れる。

3DCGソフトがない時点であきらめがつかなかったのは、この映画が決まってからもう一度読んだ『鏡の国のアリス』の一場面に俺が魅《み》せられていたからだ。

アリスの鏡は、明るい銀色のもやみたいにとけ去るのだ。

椿役の真葉が手を伸ばすと鏡は輝いてもやになる！　この画《え》が作り出せたらなーと固執《こしつ》したせいで、かなりの時間を浪費した。

今日の真葉の家でのシーンでこの映画はクランクアップになる。

真葉は自主製作とはいえ映画に初出演で初主演、一人二役。真夏を撮りたいから外ロケが優先になり、時間軸に沿った順撮りとはかけ離れたぶつ切りの撮影方法だった。

よくその場その場で気持ちをつくり、緊張感を保ってくれたと思う。とんでもない大根役者の時も結構あったけど。それでもなぜか椿という役柄の持つ独特の雰囲気だけは、真葉はよく表現できていたと思う。

クランクアップになったら、俺は真葉に告白するつもりでいた。

俺が酔いつぶれてクダを巻いたあの居酒屋の一件以来、仲間はやいやいぎゃんぎゃん、いつ告白するんだだの、なんで早くしないんだだの、大事なお友だちで遊んでいた。

俺だって自分の気持ちに完全に気づいてしまったら、早く真葉と恋人関係になりたい気持ちがないわけじゃなかった。

だけど真葉が俺を好きだなんて、こいつらが勝手に作り上げた幻想じゃないのかという疑念と、拒絶される恐怖は確実に存在したわけだ。

監督と主演女優の間柄で映画を撮っている最中に、振られでもした日には悲惨もいいところだ。ああそう残念だね、明日からまた撮影よろしくね、なんて器用なマネは俺にはできそうにない。

一緒に映画を撮っているエッジメンバー、エキストラでこの暑い中集まってくれている大学の友だち、みんなに迷惑がかかることになる。クランクアップ前の告白は自分的にありえなかった。

椿Bの世界から戻ってきた椿Aは、受験のしなおしで今は全日制に通う大学生になっている。明日の授業に使うテキストを、淡いピンクのネイルを施《ほどこ》した指でトントンと揃え、ふと気がついたように自室の鏡に目をやる。

そこには同じように変化をとげた自分と変わらない隣の世界の椿が、明日の授業のためにテキストを揃えている姿が映し出されていた。

鏡に向かって椿Aは、かすかに白い歯を覗《のぞ》かせて笑いかける――。

「カーット!!」

「真葉ちゃんオールアップ、これでクランクアップでーす。みなさんお疲れさまでしたー」

カットをかけた俺に続いて助監督の孝輔《こうすけ》が両手をあげる。

「お疲れさまー」

「わあーん!!　真葉ちゃんすごくよかったよー」

かすみが真葉に飛びついた。

「かすみちゃん、ありがとう」

「真葉ー、がんばったねー」

「優子《ゆうこ》ちゃんありがとう。たくさん迷惑かけたよねー」

真葉の腕に触れる優子に、彼女のほうから抱きついた。

ぼうっとその様子を見ていた俺の肩に重い手が置かれる。

「お疲れ!　カントク!」

「おう。カメラマンもお疲れっ」

横にいた、まさに戦友だった遼平とがっちり握手をかわした。

孝輔も雄吾《ゆうご》もナオも寄ってきて、みんなでこれまでの奮闘をたたえ合う。知恵を出し合いぶつかり合い、時には一緒に挫折《ざせつ》を味わい、ひとつの世界をこの世の中に生み落とした。たかが学生映画で何を言ってるんだ、と笑われそうだけど、真剣に撮る気持ちではプロに負けていない。だからこの一体感がたまらないのだ。

とはいえ実際はまだまだ先が長い。

録り落としたアフレコを入れてＮＧシーンをカットし、雑踏や雨の音なんかの必要な音響を足す編集を経《へ》て、オールラッシュと呼ばれる最初の粗削《あらけず》り映像を作り出す。それをみんなで試写し、意見を出し合ってまた編集作業に入る。

完成までにはいくつもの工程を経なければならないけど、このクランクアップはやっぱり大きな山場だった。

今日はエッジメンバーの他に、エキストラや友情出演の友だちもみんな入れて打ち上げだ。

十数人で松濤《しょうとう》から近い渋谷《しぶや》の街に繰り出した。

こういうことによく気が回る優子が予約しておいてくれた店で、木とレンガが使われた

ている。

暗くて、ところどころに配置されたオレンジ色の照明が、闇に映《は》えてポップな印象を作っている。

おしゃれな空間だった。アメリカ西海岸の夜をイメージしているらしい。混雑した店内は

女子はこういう店が大好きみたいだけど、狭くて安い居酒屋に慣れている男軍団はちょっと気おくれしそうだと思ったのに、隣にいた遼平は、この店知ってるわ、とほざいた。

ナオも物慣れた様子だった。

「けっ。いいねー彼女持ちリア充は！」

遼平からあからさまに顔をぷいっと背《そむ》けたら、暑苦しい腕でヘッドロックをされ、耳元でささやかれた。

「だったら貴希《たかき》も早くこっちへ来い！　今日は飲み過ぎるなよ。クランクアップになったら真葉に告白するんだろ？」

「え！　別に今日じゃなくても、っていうかこんなにメンバーがいたら普通に無理じゃんか」

「真葉の家は異常に門限に厳しいからな。お前が送れよ」

「…………」

そんなことを打ち上げに来た店の入り口で伝えられたら、その後の言動に影響が出る。

打ち上げはこの店だけでおさまるわけもなく、きっと二次会にみんな流れる。だけどどうにも真葉の家は厳しくて、いままでも彼女はどんなに遅くても十時には席を立っていた。沸き立つメンバーの中で楽しそうに笑いながらも、真葉が時間を気にしているのがはっきりわかる。何度もちらちらと腕時計を確認しているのだ。

携帯画面に視線を落としながら、反対の肩にバッグをかけ、店の喧騒から離れることが二回。おそらくは親に帰宅時間の交渉をしている。

真葉ばかりを見ている俺とも、しょっちゅう目が合う。

十時ちょっと前、真葉が携帯を手に三回目の時間交渉に向かおうとしたところで、俺は隣にいた遼平にだけ聞こえるように小さく声をかけた。

「送ってくるから抜ける。あとよろしくな。二人分立て替えて」

「がんばってね、貴希ちゃん」

「気持ち悪っ」

にっこり手を振る遼平に怖気《おぞけ》を感じた俺は、リュックを肩にひっかけて素早く立ち上がり、出口付近に向かおうとしていた真葉を追いかける。

もうかなりのメンバーは酒がまわり、ほろ酔い加減かそれ以上になっている。店内が暗いこと、音楽や話し声のボリュームが大きいことも手伝って、誰も真葉や俺の動きに気がついていない。

真葉の座っていた席の後ろを通りぬけ、ドアの横で立ち止まっている彼女に声をかける。

「真葉」

「わ！　びっくりしたー、咲原《さきはら》くんか」

肩をすくめて振り返った真葉は、まだ通話がつながっていなかった携帯画面に触れ、呼び出しを切った。

「もう時間が限界なんだろ？　送るから帰ろう」

「えっ。いいよ。今日せっかくの打ち上げでこんなにいいお店に来てるんだよ？　もう大学生だっていうのに厳しすぎで嫌になっちゃうよ」

「女の子だから心配なんだろ」

「まあそうなんだけどね。ごめん。空気が壊れるなーと思って言い出せなかったんだけど、じゃあわたし、このまま帰るね？　咲原くん、みんなに伝えといてもらえる？」

「だから送るって」

「でも咲原くん、監督だし」

「あとは遼平がどうにかしてくれる。みんな今日は興奮気味だしもう酔っぱらってるからな。俺が抜けても別になんとも思わねえよ」

この店もあと少しでみんな出る。その前に真葉を連れ出したかった。

「……そうか。えーと……でも」

「そこは素直にありがとうって言っとけよ」

真葉の肩を出口のほうにちょっと押し出してから、俺が先に立って外への通路を歩き始めた。

さっき真葉がためらいの言葉を発した時、うつむいた頰に血の気がのぼったような気がした。

こんなに暗い店内でそれを確認するのは無謀だとわかっている。だからそれはあくまでも俺の希望的観測だ。でも、すでにどう行動するか決めてしまっているから、その希望的観測を俺は無理やり信じることにした。

「ありがとう。待ってー！」

弾んだ声が背後から聞こえ、狭い通路で気配を感じられる距離に、彼女がいることの幸せを思った。

これから先、この距離が縮まることこそあっても、広がることだけは勘弁してほしい。

女友だちに告白することは一種の賭けなのだ。

俺と真葉が予約のあった団体の中の二人だと認識している店員さんは、レジの前を会釈《えしやく》だけで素通りしようとする俺たちに、ありがとうございました、と頭を下げ、真葉はごちそうさまでした、と返した。

渋谷の街の人ごみを並んで歩く。これから口にする言葉の重さに俺は無口になりがちだった。真葉が何か話しかけ、俺の顔を横から覗き込んできても、ろくに目も合わせられない。

「ねえ咲原くん、わたしアイスクリームが食べたいなー」

「え？　お前、時間は？」

「んー、なんか……。今日はいいよ。ちょっと怒られても」

怒られてもいいから俺とアイスクリームが食べたい！　こんなにテンションの上がる言葉が世の中に存在したのか！

「そうだな。俺も食べたくなってきた。じゃちょっと寄ってこうか。連絡だけは入れとけよ」

「はーい」

真葉は携帯を取り出し、電話ではなく、たぶんラインでなにか文章を送信していた。

俺と真葉はそれほど帰り道からそれずにすむ大手アイスクリームチェーン店に向かった。

飛び跳ねるような軽快さで隣を歩く真葉は、どう控え目に見ても楽しくて仕方ないように俺の目には映る。期待が膨《ふく》れれば膨れるほど、ダメだった時の反動もすごいんだろうな、とポジティブなんだかネガティブなんだかわからない気持ちになってくる。

こんな時間でもそこそこ人のいる店内で、真葉はなんだか覚えられないほど長ったらしい名前のアイスクリームを注文していた。

俺はケースの中身を見ることもなく、店員さんに抹茶《まっちゃ》のアイスクリームを注文した。

買ったアイスクリームを手に、二人で店の外に出た。行き交う人の波を前に、この店でアイスクリームを先に買った何人かが、軒先でそれを食べている。俺たちも自然とそこに交じった。

最初の一口を食べようとした時に、ハーフパンツのポケットに入れていた俺の携帯が振動した。

「え、なんだ？」

「それ持ってようか？」

「ああ、悪い」

俺は買ったばかりのアイスクリームを真葉に渡し、もう誰だよこんな時に、と心の中で毒づきながら電話に出ようとした。

「非通知?」

俺の声に真葉が動きを止めた。

「はい、もしもし。え? あー違います。番号違ってます」

なんてことのない間違い電話だった。

「間違い電話だったんだ?」

「うん、そう、って真葉……」

真葉は、目に見えてわかるほど、なぜかがっくりと肩を落としていて、手にした自分のほうのアイスクリームは垂れ下がり気味で落ちそうになっていた。

「落ちるぞアイス。いきなりどうしたんだよ」

「ああ、うん。はい、これ咲原くんの」

気落ちしたように見えた真葉は、すぐに自分のアイスクリームを元の通り手元に引き寄せ、俺には抹茶のアイスクリームを渡してきた。

「どうしたんだよ、真葉」

「あのさ」

もう真葉は溶けかかった自分のアイスクリームに口をつけなかった。

「おう」

「咲原くんが、壊れかかってるのに携帯の機種を変えないのは、えーと、誰かからの連絡を待ってるからだよね？」

「えっ」

「機種だけ変えるならデータは引き継げるかもしれないけど……みんなが言ってるようにたぶん携帯会社と機種と両方変えた方がいい状況なんじゃないかなって。その、毎月の代金とか」

「…………」

「でも両方変えちゃうと全部のデータを引き継ぐことってできないんでしょ？　電話番号は残ってもメールアドレスが変わっちゃうとか、ラインはどうなのかわかんないけど」

溶けかかったアイスクリームを手に、うつむき加減で訥々《とつとつ》と話す真葉は、使命を果たそうとしているような、どこか鬼気迫るものがあった。

「別にそんなたいそうなことじゃなくて」

「相手が変えちゃうことだってあるんだし。咲原くんから、つながるうちにちゃんと連絡、したほうが、よくは……」

真葉のアイスクリームが溶けてその白い小さい手に垂れてきた。

俺はそのアイスクリームを取り上げて溶けている部分をガツガツと食べてから、まだそこまでは溶けていない抹茶のアイスクリームを真葉に渡した。

「ほら、アイスクリームが食べたかったんだろ？　こっちのはまだそれほど溶けてないから」

「……うん」

真葉は素直に受けとった抹茶のアイスクリームをかりりと噛みとった。

真葉のアイスクリームを食べながら、なんとなく背を向ける。

「誰からの連絡を待ってると思うわけ？　そういうつもりはなかったんだけどさ」

「それは、その――……」

「元の彼女だとか？」

「………」

待っているつもりはぜんぜんない、つもりだった。

だけど携帯のアドレスを変えたら永遠に切れてしまうかもしれない、切れてもいいはずなのに踏ん切りがつかない、そういう存在があるから往生際《おうじょうぎわ》が悪くこの携帯を使い続けているのは、動かしようもない事実だった。

会社を変えなければ確かにデータはそのままなのかもしれないけど、それはそれで、金銭的にずっと得になるはずのことをしないのも、待っていると認めている気がして癪《しゃく》だ。ものすごく支離滅裂《しりめつれつ》で自分でもわけがわからない。

「元の彼女じゃないよ。でもそういう人がいるのは……確か、で」

真葉は顔を上げなかった。口をつけないから抹茶のほうも溶けそうだった。

「アイスクリームが溶けるぞ」

「うん」

答えてそれを機械的に口に運ぶ。

俺は真葉と交換したアイスクリームを全部食べてしまってから、一気に話しはじめた。

「俺の家はさ、お前の家みたいな大企業じゃないけど、一応会社を経営してるんだよ」

「え？」

そこでようやく真葉は顔をあげた。

真葉に俺が携帯の機種も会社も変えないのは、元の彼女に未練があるからだとは思われたくなかった。その気持ちが、いままで誰にもしゃべったことがない話を、俺にさせている。

「親父とおふくろと、事務員が三人の地域密着型の小さい会社でさ。別にこの世から消えても特に支障のない会社」

「そんなことはないでしょ」

「もちろんこの会社が自分たちの生活の基盤になってたわけだし、両親が苦労して経営してきたのを小さいころから見てきた。だからきっと会社は子供が引き継いでもっと大きくしていくんだろうなって、漠然《ばくぜん》と思ってた」

「そうなんだ。それは偉いよね」

「どうかな。親父もおふくろも好きなことをやれって言ってた」

「そうか」

「兄貴がいるんだよ。四歳離れてるんだけど、両親が遅くまで働いてたから、小さいころはずっと二人で過ごしててさ。仲は良かったな」

「うん、じゃ、お兄さんはもう二十四歳なんだね？　咲原くんに似てるのかな」

「昔はね。今はどうかな」

「え？」

「高校を卒業してから半ば家出みたいにして東京に出た。役者を目指したいって言ってたな。俺はまだ中学生だった。親父やおふくろと夜、喧嘩してるのを聞いたんだよね。次の日の朝にはいなかった。そのまま東京に行ったってあとからおふくろに聞いた」

「…………」

その後、たぶんこういうシチュエーションにはありがちな、おふくろが兄貴とおやじの間に入る形であの三人のいざこざは一応収束しているらしい。あれ以来兄貴は一度も家に戻ってはいないけど。

親父は、好きなことをやれ、好きなことを職業にできるのはとても幸せなことだとずっと俺たちに話してきた。

だけどその好きなことが役者で、大学にも行かないのは自分たちが想像していた進路とはかけ離れていた。兄貴のやり方が悪くて寝耳に水だったから、ただちょっとびっくりしただけなのだ。実際そのあとはすんなり許している。

真葉には、俺と兄貴が似ているかどうかはわからないと言ったけど、おそらくはそこそこ似ている。たまにドラマの端役《はやく》で出ているのを目にするのだ。ほんとにセリフはあっても一言、みたいな小さな役だけど。

俺にとって兄貴のいなくなったあの朝は、それまで生きてきた短い時間の中で、一番の衝撃だったことは間違いない。

なにも言わずに出ていった。もう俺に会うつもりもないのだ。

ただ俺がこの携帯に入っているデータを放棄してしまえば、兄貴との細い糸が完全に切れることだけは確かだった。

「仲、よかったな。親を待ってる間、ゲームとかじゃなく映画を観ることが多かったんだよ。よく飽きなかったもんだな」

長い時間を暗い茶の間で二人っきりで過ごした。兄貴がレンタルしてきた映画を何本も続けてテレビ画面に映し、二人で笑い転げたり泣いたりしていた。

年齢があがるにしたがって、あのシーンはああいうふうに撮るから怖いんだとか、あの役者は演技が上手《うま》いとか、俺ならこうするのに、とか……。飽きることなく二人で語り続けた。

一緒に過ごした幾千の夜が、俺にはかけがえのない貴重なものだったけれど、兄貴にとってはきっとそうじゃない。

裏切られたはずなのに、俺はまだ兄貴の携帯のデータを大事にしている。兄貴も俺のデータを持っていてくれるなら、いつか連絡があるかもしれないと未練がましくすがりついている。

正直兄貴のことになると、どう気持ちの整理をつければいいのかいまだにわからないのが本音だ。

恨めばいいのか、怒ればいいのか、泣けばいいのか、……忘れればいいのか。

兄貴に捨てられた両親だってかわいそうだ。特に母親は目に見えて気落ちしていた。

特になりたい職業がなかった俺は、いつの頃からか、ああ俺があの会社を継がなきゃな、と思い始めた。

自由に時間を使える猶予《ゆうよ》期間は学生の間だけ。東京で思い通りの学生生活を送りたいがために、部活の傍《かたわ》ら勉強もがんばってきた。

「お兄さんが好きなんだね」

「別にそういうわけじゃない」

「でも、そういうのってさ」

そこで振り返ってようやく真葉を見た。

「アイスクリームがボタボタじゃんか」

斜め下に突き出したアイスはもうかなり溶けだしていて、真葉の足元に迷惑なしずくを落としている。

「えっ。うわっ」

「食っちゃえよ。服につかなかっただけよかったな」

「うん」

溶けかかったアイスクリームを食べるのは楽で、ものの数十秒で真葉の口の中に消えていった。いままであれだけ時間がかかっていたのが嘘のようだ。

汚れた、と恨みがましい目で俺を睨《にら》み、バッグの中からハンドタオルを出して指先を拭《ふ》いている。俺のせいか！

「お兄さんからは咲原くんに、すごく連絡を取りにくいと、思うよ」

「そんなことは」

連絡を取りにくいなんて、そんなことがあるかな。俺のほうが四つも下で、二人の時は兄貴に頼りきりだった気がする。

「お兄さんだって絶対に絶対にぜーったいに咲原くんに会いたいに決まってるよ！　お父さんやお母さんに会ってるのかどうかはわからないけど。でもどうしても譲れない夢があって、一時的に家族から離れちゃったんだとしたら、その夢がかなうまでは堂々と会えないとか、考えちゃいそうな気がするんだよ」

譲れない夢、か。うらやましい気持ちも確かにある。

役者という仕事はきっと、努力すれば必ず報われると保証された職業じゃない。才能と運、両方そろって初めて成功できるような難しい世界なんだろう。下手《へた》をすれば就職もできず、家族を持つどころか、一生自分の飯の心配をして暮らさなければならなくなるかもしれない。あの兄貴のことだ。それはちゃんと覚悟している。

それでもいい、それでも挑戦し続けたいと思えるほど、役者は兄貴にとって力のある夢なのだ。

「夢がかなうまでは会えないなんて、ドラマのセリフみたいなことを実際に考えるものかな？　俺にはまだそこまでの夢がないからわかんないな」

「どういう子供時代を過ごしたかってさ、その後の人生にけっこう影響すると思わない？　咲原くんは高校までは運動系の部活をやってたんでしょ？　でもお兄さんと子供の頃に見た映画の楽しさはずっと胸の奥にあって、大学では映画を作ってる」

「そうかもな」

「お兄さんだって役者になってる」

「だなー」

「わたしもさ、小さいころから学校を休みがちで、でも親もけっこう忙しくて、一人で過ごす時間はたいてい本を読んでた。一人っ子だからたまに親と感想を言い合うくらいで、咲原くんみたいに常に誰かと感動を共有してたわけじゃないの。でも今思ったんだけど、もしそうだったら、わたしにもそういう兄弟がいたら、もっともっと本が好きになってたかもしれないな」

「そうか」

「二人だったから、映画のすばらしさを共有する相手がいたから、今のお兄さんも今の咲原くんもあるんじゃないのかな」

「…………」

「……すみません」

一気にまくしたてるように話す真葉がレアで口をはさむのももったいなく、しげしげと眺めてしまったら、いきなり彼女が謝った。

「は？」

「いや、その——事情も深くはわかんないのに生意気だったかと……。でもね！」

そこで俺は思わずぶっとふき出した。最初に松濤の住宅街で真葉の脚本について俺が意見した時のことがよみがえったのだ。

普段はなかなか温厚なのに、ここぞって時は最後の一滴まで言いたいことを絞り出さずにはいられない性分なのだ、真葉は。それがいいか悪いかは別として、好きになってしまうとそんな猪突《ちょとつ》猛進系の部分まで長所に映るから不思議だ。

「でも、なに？」

「これだけは言えるよ。お兄さんは、今の自分の礎《いしずえ》になる部分を共有した咲原くんのことを、絶対に忘れたりしない。中学の頃の咲原くんにとっては大人に見えたかもしれないけど、今から思えば十八なんてまだ子供だったと思わない？　親と喧嘩して、突発的に飛び出した。逆上してた数時間がすぎて冷静になれば、弟に何も言わずに来ちゃったことをきっと後悔したに違いないいんだって！　でももうバツが悪くて謝れないでいるんだよ」

「そうかな」

「そうだよ！　絶対そうだって！　お兄さんと一緒に過ごした時間に嘘はないよ！」

必死すぎて眉間《みけん》に力の入る真葉の形相《ぎょうそう》に、俺は逆に笑えてきた。

先生に怒られれば怒られるほど、耐えなきゃと思えば思うほど、笑いが漏《も》れちゃう小学生と一緒だな。俺はたまらず、声をあげて笑った。

バツが悪くて謝れないのは俺も同じだ。真葉の書いた脚本の自分との見解の違いを、一方的に押しつけて傷つけた。そのことを俺は彼女にいまだに謝れずにいる。こんなに毎日一緒にいるのにな。

「なによっ！　失礼だなー。人が一生懸命――」

「わかってるよっ」

真葉のおでこを手のひらで軽く押した。予期していなかった真葉はそれだけで簡単によろけ、二、三歩あとずさった。

「あぶな」

俺に押されたおでこを手のひらで押さえ、唇を尖《とが》らせて抗議のポーズを作る真葉。でも真剣に怒っているわけじゃなく、ただの照れ隠しに見えてしまう。俺の願望かな。

「悪い」

「咲原くんはお兄さんを待ってる。〝待つ〟って行為は愛《いと》おしいことの象徴だよ。約束のない人をそれでも待つって行為はね！」

「まったくどこまでもぬけぬけと説教しやがるな！」

「ごめんね。でもだてに学校休みがちだったわけじゃありませんー。人より本は読んでるもんね。名言も多いし学ぶことも多いんだからね！」

「そうだな」

「そうだよ」

　真葉が好きな夏目《なつめ》漱石《そうせき》の言葉を思い出した。

〝僕は死ぬまで進歩するつもりでいる〟

「なあ真葉、明日から撮影ないだろ？　明日ってひま？」

「え？」

「見せたいものがあるんだけどな。一緒にでかけない？」

　今ここで告白してしまうより、せっかくなら夏目漱石の墓を見せてからにしたいな、振られるにしても一度くらいは一緒にでかける、いわゆるデートがしたいな、といつの間にか強く望んでいた。

「それは……嬉しいです。光栄です」

「よかった」

自然に笑顔になっている自分に気づく。

「見せたいものにもつき合うからさ、わたしも見たいものがあるんだけど、いいかな？」

「なに？　どこ？　いいよ」

「えーと……」

「なんだよ？」

「引くかも……」

「引く？　引くようなとこなの？」

「……たぶん」

「いいよ、オカマバーでもホストクラブでもエロビデオでもなんでもつき合うから」

「エロビデオってなにそれ？　わたしこれでも一応女子なんですけど」

「わかってるよ。冗談だって。どこに行きたいのさ？」

「雑司ヶ谷《ぞうしがや》」

「雑司ヶ谷？　俺の住んでる町じゃん」

真葉は左の手のひらの上で拳にした右手をポンっと打ちつけた。

「そうだったのか！　なるほど知らなかった」

……めっちゃ棒読み。


それから俺は真葉を家まで送り届け、彼女がいい、いい、と拒否するのを説き伏せて、出てきた母親に映画サークルの代表として打ち上げで遅くなったことをわびた。硬い表情を崩さないちょっと怖いおばさんだったけど、とにかく誠意をこめて謝って、後ろで申し訳なさそうな顔をしている真葉にも目配せをし、そこをあとにした。

だってこれから彼女になるかもしれない人の親だし！　俺は夜道をスキップする勢いで松濤から渋谷駅まで戻った。行きは一時間近くかかった道のりが帰りは十分。

浮かれまくっていたとしか思えない。

だってだってだって！　俺の住む町が見たいと真葉は言ったんだ。間違いなく雑司ヶ谷に俺が住んでいることは知っていたはずだ。

家に帰るまでの電車の中でもにやけ笑いが止まらなくて、警官がいたら職務質問をされるレベルだ。やばい、マジでやばい、と顔の筋肉に力を入れまくったけど、あんまりうまくいかなかった。

都電荒川《あらかわ》線の雑司ヶ谷駅につき、今日も雑司ヶ谷霊園を突っ切って自分の家に戻る。この道路は一般道と同じように二十四時間通行可能だ。

夜中の巨大霊園は世間的には怖いスポットなのかもしれないけど、幸い俺には霊感が皆無で、夏目漱石とすれ違おうが泉鏡花《いずみきょうか》が話しかけてこようがまったく気がつかない。

でも女の人はさすがにここを夜は通れないだろう。幽霊よりも実体のある変質者のほうがよっぽど怖い。

浮かれ気分がいったん収まると、今日真葉と話した話題がよみがえってくる。仲のいい友だちにも話したことのない家族の事情を口にしたことは、俺にとって一大事件だった。

そして目からウロコが落ちるような真葉の主張はすごく優しいもので、俺は何年かぶりに穏やかな気持ちで兄貴との子供時代を振り返った。

約束のない人からの連絡を待つのは愛おしいからだ、と彼女は言った。そうだな、俺はやっぱり兄貴が愛おしいのだ。

こんなにもすんなりと認められたのは、きっとそれを教えてくれたのが、世界で一番愛おしい人だからだ。

# 9

次の日、朝の十一時に俺は真葉《まは》と渋谷《しぶや》駅で待ち合わせをした。渋谷で昼飯を食べてから雑司《ぞうし》ヶ谷《がや》に連れていく予定だった。

雑司ヶ谷は、俺の使っている一両編成の路面電車である、都電荒川《あらかわ》線の雑司ヶ谷駅と、メトロ副都心線の雑司ヶ谷駅の二種類がある。

副都心線の雑司ヶ谷駅なら渋谷から一本だった。だけど俺はどうしても、ふだん自分が使っている荒川線の雑司ヶ谷駅に真葉を連れていきたかった。

単純に見てほしかったのもあるけれど、そこからなら夏目《なつめ》漱石《そうせき》の眠っている雑司ヶ谷霊園は目と鼻の先なのだ。

真葉が極度の方向音痴じゃなかったら、都電の雑司ヶ谷駅で待ち合わせをしてもよかった。でもあの駅の近所にはデートに向いているしゃれたカフェやレストランが皆無だった。俺が知らないだけなのかもしれないけど。とにかく昭和感が満載の町なのだ。

真葉の方向音痴にかこつけて彼女を渋谷まで迎えに行き、少しでも一緒にいたい心理が働いたことは否《いな》めない。

「咲原《さきはら》くーん」

先に来て、ハチ公の後ろのベンチに寄り掛かっていた真葉は、俺を目に留めると駆けよりながら手を振った。

真葉の服装が、微妙に変わってきたような気がする。

今日の格好は、袖《そで》に大きなリボンのついている白いカットソーと原色が複雑に入り交じったミニスカート。それにこれまた俺たちが持つのとはだいぶ趣《おもむき》の違う、硬くて小さい塩化ビニールみたいな素材のリュックだった。

どれもいかにも高級そうで、たぶん服の方は、以前から好きだと言っていたニューヨークのブランドのものだろう。

以前の真葉の服装は、うちの学生としてはかなり華やかなワンピース姿だったけれど、最近はそれと同じようなテイストでも上下分かれた服を着ていることが多い。

近寄りがたいほどハイソなワンピース姿より、こっちのほうがまだ真葉の雰囲気に合っている。それでも高い服なんか買えない俺にしてみれば、気おくれするには充分だった。

やっぱり似合っている。単純に可愛いなと思う。

「悪い、待った？」

「待たないよ。今がジャストだよ」

「そっか。雑司ヶ谷ってオススメの店がないんだよ。渋谷で飯食ってから雑司ヶ谷に行こう」

「えー、オススメじゃなくてもいいのに。ふだん食べてるとこでいいよ、雑司ヶ谷の」

「そこじゃあんまり食べないんだよ。友だちとどっかで食べて帰るかコンビニで買って帰る」

「そっかー。じゃあ仕方ないね。わたしも最近の渋谷、あんまり詳しくないんだけど」

「最近の渋谷？」

「店の入れかわりが速いんだもん。中学時代に友だちと行って好きだった店がなくなってたりするの。たまーにしか来なかったけどさ。中学も大学の付属だったから、わたし地元の友だちがいないんだよね」

「高校は？　最近だっただろ？」

「うん。だね。だけどこれがあんまり知らないの。小中から高校もずっと国分寺《こくぶんじ》だもん」

「そんなこともあるんだなー。せっかく渋谷が地元って夢のような境遇なのに。俺みたいな健全田舎少年にむくれられるぞ」

「むくれないでよ。いろいろ苦労してるの知ってるでしょ？　親だって厳しいし親の関係のしがらみはあるしさー」

真葉は両手を組んでそれを胸の方に引き寄せて内側にぐるっとまわし、両方の手のひらを向こう側に押し出すようにして腱を伸ばした。

最近は何も言ってこなくなった大谷《おおたに》さんのことを思い出した。初等部から真葉と一緒のあの子も親のしがらみがどうとか言っていたな。

「じゃ、駅の近くで適当に食って雑司ヶ谷に行こう」

「うん！」

最近じゃ世界的に有名らしい渋谷駅前のスクランブル交差点を渡り、一番近いビルに入った。昼には時間が早かったからか並ばずにすんだ。


昼飯を二人で食べてから、副都心線の雑司ヶ谷駅へ、そこからちょっとだけ歩き鬼子母《きしも》神前《じんまえ》駅から都電荒川線に乗り込む。

荒川線の駅はたいてい無人、バスと同じで乗り込む時に料金を払うシステムだ。一駅だろうが始発から終着まで三十駅近く乗ろうが料金は一律。こんな都会を走る電車なのに一両編成だから基本いつでも混んでいる。

「なんかすごいね。東京にまだこういう電車が残ってたんだね」

つり革に並んでつかまり、始発の合図、手動の鐘《かね》の音を聞きながら真葉が珍し気に周りを見回している。

前に王子《おうじ》駅でやった撮影の時、真葉は都電荒川線じゃなく、南北《なんぼく》線の王子から現地に来ている。きっと荒川線は初めてだ。

「そうだろ？　俺も最初に乗った時はびっくりした」

「逆に新鮮だよね。すごく情緒がある」

つり革につかまり、うつむき加減に口元をほころばせる真葉の横顔を見ながら、あー今年の花火大会はほとんど終わっちゃってるだろうな、となんとなく思った。

浴衣《ゆかた》を着た真葉が、レトロなこの電車のつり革につかまっている図が勝手に脳内で展開されてしまい、こめかみにうっすら汗が浮く。でも絵になるな、来年はそうなっていますように、と誰にともなく願ってみる。

鬼子母神前から都電雑司ヶ谷は一駅だ。俺たちはすぐにホームに降りることになる。

夏の雑司ヶ谷の雑草は獰猛《どうもう》としか言い表しようがない。

小さなホームの後ろにある緑のフェンスからは、伸びきって絡《から》まる場所もなくなったつる系の植物があふれ出て、後ろの建物の白壁にまで勢力を広げている。赤茶けた線路の枕木と枕木の間にもちょこちょこと雑草がのぞく。上下二本の線路間にいたっては、人の膝《ひざ》上《うえ》くらいの高さにまで草木が生《お》い茂っているのだ。

松濤《しょうとう》や渋谷近辺の洗練された緑とは質と勢力が違う。

「雑草魂を感じるね！」

「それな。もう見てるだけで暑苦しいわ」

真葉が楽しそうだった。

「でも嫌いじゃないんでしょ」

「まあな。真葉、雑司ヶ谷のどこに行きたいとか具体的にあるのか？　なんで雑司ヶ谷？」

「えーと……」

「おう」

真葉は小首をかしげた。

実はちょっとあとから思い至って微妙に気落ちしていたのだ。

俺が真葉を雑司ヶ谷に連れてきたいと思った第一の理由は、雑司ヶ谷霊園の中に夏目漱石の墓があるからだったけれど、もしかして彼女がこの場所を望んだのも同じ理由からなんじゃないのか、と。

俺の住んでいる町が見たかったなんて、早とちりのぬか喜び、俺のめでたい妄想願望の炸裂《さくれつ》に過ぎなかったんじゃないのか、と。

「雰囲気かな！　ほらこのレトロな電車とかさ。でも咲原くんの好きな場所が見たい。雰囲気が好きでアパートを雑司ヶ谷に決めたって、前にどっかで話してるのを聞いたことがあるんだよね」

俺の好きな場所が見たい？　雑司ヶ谷霊園に夏目漱石の墓があるのを知らない？　え！マジでか！　そんなことってあるかな。

念のため俺は自分が好きな作家やミュージシャン、映画監督の墓がどこにあるのか思い浮かべてみた。……知らない。

好きな作家やミュージシャンはほとんどがまだ生きている。でも尊敬する映画監督で亡くなっている人は多いのだ。でも知らない。

尊敬する巨匠、ヒッチコックや黒澤明《くろさわあきら》監督の墓がどこにあるのかわからないのだ。この似非《えせ》映画人め！　と、ちょっと自分で愕然《がくぜん》としてしまった。

だけどそれなら、真葉が好きな作家の墓がどこにあるのか知らなくても、別におかしくはないってことか。

顔がニヤけそうになってそれを我慢するために口元に力を入れる。口が開けられない。

なにか言葉を発したら、どうにかおさえている顔面の筋肉が、一気に解放されてしまいそうだった。

「咲原くんどうしたの？　咲原くんの見せたいものって何？　あ、ここから遠いとこ？」

「い、いや。遠くは……。すぐそこ」

それだけ言って前方を指さすのがやっとだった。

「すぐそこ？」

「そ、そう」

踏切を渡って十メートル行くかどうかで、もう雑司ヶ谷霊園のいくつもある入り口の一つに着く。

「えっ？　お墓なの？」

「そう、巨大霊園なんだよ。著名人が数えきれないほど埋葬されてて、著名人の墓巡りをする人のために、埋葬著名人一覧マップまである」

霊園に足を踏み入れると、緑の匂《にお》いは余計に濃くなり、温度が一度は下がる。

「へぇ、そうなんだ。日本のお墓でもそういうのってあるんだね。横浜《よこはま》の外国人墓地とかは有名だけど。あ、青山《あおやま》霊園も聞くよね」

「そうだな、青山霊園にも著名人が埋葬されてるらしいな。墓マップがあるかどうかは知らないけど」

「雑司ヶ谷霊園は誰が有名なの？　そんなにお墓巡りをする人がたくさんいるほど著名人が多いの？」

「多いよ。小泉《こいずみ》八雲《やくも》、泉鏡花《いずみきょうか》、永井《ながい》荷風《かふう》、金田一《きんだいち》京助《きょうすけ》、ジョン万次郎《まんじろう》、夏目漱石。まだまだいるけど、そのへんがかなりの有名どころ」

「夏目漱石？」

「そう」

「もしかして、咲原くんがわたしに見せたかったものって、夏目漱石のお墓？」

「そう。ずっと悪いなってひっかかってた。後悔してて、謝りたいと思ってたけど、もう日にちが経《た》ちすぎてきっかけがないっていうか……」

「なんのこと？」

どうにも顔を見られるのが恥ずかしくて真葉に背中を向けていた俺を、後ろから覗《のぞ》き込むようにして彼女が尋《たず》ねた。

「真葉がまだエッジに入りたてで、クランクインの前後だったかな。お前の家にみんなで行って俺が携帯を忘れた日があっただろ？　取りに戻って、その時喧嘩した。俺が、不用意……っていうか言葉足らず、いや言葉を選ばない感じでお前の脚本に一方的にケチをつけた」

「ああ、うん。覚えてる」

「その時に言ってたじゃん？　夏目漱石が好きだって。尊敬してるって。死ぬまで進歩することに決めているって名言が好きだって」

「そうだね」

「だから、連れてきたら喜ぶかと――」

「それがお詫びなんだね。ありがとう。ずっと気にしててくれたなんてほんとに嬉しいよ」

お詫びだけが目的で連れてきたわけじゃないんだけど……まったく難しいな。もう二十《は》《た》歳《ち》だっていうのに、初めて恋愛をした中学生の気分だ。

「ごめんな。確かに俺は感じたままを言ったんだけど、もっと他に伝えようがあった。お前が一生懸命考えたプロットやオチ。エッジのメンバーでもやっぱり真葉の結末のほうがちゃんとまとまってるって判断だった。俺のはありえねえ、らしい」

「そうだね。まとまってるのはね。脚本としては正直あれでよかったと思うんだよね。でもわたしも咲原くんが脚本に対して言ったこと、考えてみたよ」

「そうか」

そこで真葉はくすっと笑った。

「椿《つばき》Aがなんの努力もしないで元の世界に帰るのはおかしいって言ったよね。あの状況で努力って……確かに話としてはないよね」

「そうか」

「でも前向きだね。咲原くんらしいよ」

「え？」

俺は雑司ヶ谷についてからようやくまともに真葉と目を合わせた。そしたら今度は真葉のほうが目をそらした。

俺たちはいつも帰る時の霊園のメイン車道じゃなく、そこから一本ずれたコンクリートの小道を歩いていた。大木がところかまわず生えている。後から舗装されたらしい道路は、大木のある場所だけ、コンクリートをはぎ取ったように土がむき出しになっている。

夏の終わりを嘆《なげ》くかのような強烈な蟬《せみ》しぐれが脳天に突き刺さる。

今度は真葉が照れているのか、それとももうこの話題に興味をなくしたのか、歩きながら霊園内を静かに見まわし始めた。

この霊園の墓石は奇妙な形のものが実に多い。区画も大きかったり小さかったりだし、ふつうの墓石の上に十字架が立っていたり、中には十数人が共同で埋葬され、ちょっとした庭になっている場所など、様式も様々だ。日本古来の、後ろにずらりと卒塔婆《そとば》が並ぶもののほうが、もしかしたら少ないかもしれない。

「人は死んじゃうとこういうところに入るんだね」

「だな」

そうだな。毎日通っている場所なのに、まだ先のことすぎて実感がわかない。

さらに細い小道に入り込んでみる。

真葉は、ちょうど歩いていた場所の隣の区画から勢いよく飛び出ている大きな葉っぱを、片手でつかむように触れた。

「こんなに荒れてる。もう何十年も誰も来てないのかな」

「そうみたいだな」

その区画は石塀で囲まれた立派なもので、中に見える墓石も、一枚岩で元はかなりの大きさだったんだろうと推測される。いかんせん墓石の上部が斜めに割れ落ちているのだ。周りを囲む石も薄緑にくすんでいるし、区画内は人の背丈ほどもある雑草で覆《おお》われ、立ち入ることもできない。

「寂しいね」

「うん」

真葉は区画の外からその墓に向かって目を閉じて首《こうべ》を垂れ、両手を合わせていた。なぜか言い知れぬ不安で胸がもやもやしてくる。

「真葉」

　思わず後ろから声をかける。

「へへ。わたしさ、子供の頃身体が弱かったでしょ。持病があるっていうかね。だからなんとなく感情移入、なんちゃって」

「持病がある？」

「うん。でも今はもうぜんぜん元気でしょ？　映画撮影でも走った走った！　久しぶりであれはほんとに気持ちがよかったー」

　確かに椿Aが裕也《ゆうや》への想いを振り切るために走る、そういう演出方法を使った。何度も走らせ、OKテイクの後、真葉は少し過呼吸気味だった。

「持病があるならあるでそう言えよ。今でも苦しいならちゃんとその時に伝えろよ」

　自覚しないままに声が大きくなっていた。

「大丈夫だよー。今はもうこんなに元気なんだからさ。あんなに走ったら誰だって呼吸は乱れるよ。スポーツやってた咲原くんの感覚で考えないでよ」

　真葉は俺の顔を見ずに先を歩き出した。

　喧嘩したいわけじゃない。遼平《りょうへい》も雄吾《ゆうご》も孝輔《こうすけ》もナオも、なぜか俺と真葉は上手《うま》くいくと信じて疑わない。だけど本人はそんな確固たる自信が持てるはずもない。

だから、最後かもしれないから、最後にしたくないけど振られたら最後になるから、知る限りで真葉が喜びそうな場所に連れてきたかった。だけど考えてみたらそれが墓だったって……。

もうちょっとこう、デートコースっぽいところは思いつかなかったのかよ俺は！　とダメ出ししてみる。もちろん今さら遅すぎ。

まあ真葉が雑司ヶ谷って言ったんだし、この町はほんとに不思議で見ようによっては面白いスポットがけっこうある。

その後俺と真葉は霊園内のメイン車道に出た。

夏目漱石の墓石の脇まで伸びる大通りには、お参りをする人のための花屋があった。木造で景観を壊さない茶屋風建物だ。

真葉はそこでお花を買っていこう、と提案してきた。

出てきたおじさんに誰の墓に行くのかと聞かれ、夏目漱石です、と答えると、丸い木製の手桶《ておけ》に水を張り、そこにひしゃくと白百合《しらゆり》の花を一本入れて持ってきてくれた。夏目漱石はこの花が好きだったんだそうだ。

けっこうな重さになった手桶は俺が持ち、そのまま二人でぶらぶらと舗装道路を歩いた。

「もう見えるぞ」

「どれ？」

「あれあれ。あの道路からちょっと入った場所にあるでかい一枚岩みたいなやつ」

漱石の墓石を指さす。

「おお！　さすがに目立つね」

「なんか一人掛けソファの形なんだってさ」

「へえ！」

そこから真葉は小走りになり、目的の墓石の区画前の小道に入った。


「大きいね」

「うん」

この墓石は俺が知る限り、花入れに花が絶えていることがあまりない。他の著名人はどうなのか知らないが、ちょうどここは駅から家への帰り道だ。今日も誰かが手向《たむ》けた花束が墓石の両側を飾っていた。

真葉は手桶から白百合を抜き取るとそっと花入れに挿《さ》した。

「こんなにいつも人が来てくれたら寂《さび》しくないよね」

「そうかもな」

それから真葉は、けっこうな時間目を閉じて、生真面目《きまじめ》に墓石に向かい手を合わせていた。その青白い透明感のある横顔は、静謐《せいひつ》と言ってもいいような静けさを持っていて、それが俺の胸を逆にざわめかせる。

ふいに真葉が以前、自分が死んでもこのままじゃ誰も悲しんでくれない、と話していたことを思い出す。

嫌だな。どうしてこんな場所で、こんなタイミングで、それを思い出すんだ。

目を開けた真葉は、ひときわ大きい墓石の前ぎりぎりまで近づいて、一枚岩にまっすぐ手を伸ばした。台座やろうそく立て、花入れなんかがあり、文字を彫りつけたその表面に触れようとすると、前傾姿勢で大きく手を伸ばさなければならない。

俺の胸のざわめきは最高潮に達した。まるで墓石の表面がアリスの鏡のように、銀色のもやを放ち、溶けてなくなるような錯覚にとらわれる。真葉が墓石をくぐり抜け、向こう側に行ってしまうようなとてつもない不安が押し寄せる。

「真葉！」

俺は気がつくと、真葉の伸ばす腕をつかんで引き戻していた。

「あ……」

真葉はわれに返ったような、とぼけた表情で振り向いた。

「悪い」

俺のほうもわれに返り、つかんでいた真葉の腕を離した。

「失礼なことしちゃった。憧《あこが》れの作家だから。つい……」

「うん」

俺はぎゅっと歯をくいしばるようにあごに力を入れた。なぜだか、涙が出てきてしまいそうだったのだ。

その後俺と真葉は夏目漱石の墓石と、同じ区画内でその横にもうひとつあった小さい誰かの墓にひしゃくで水をかけた。

「咲原くんありがとう。こんな体験ができると思ってなかったよ」

空《から》の手桶をさっきの花屋に返し、霊園の反対側に抜ける途中、真葉はそうぽつんと呟《つぶや》いた。

もう、なんだかいろいろと胸の内にためておくのが限界に近づいてきて、俺はさっきまでの不安を解消しようと口を開いた。

「真葉」

「なに？」

「持病って、その——さ。まさかと思うけどし……」

「え？」

不安を解消しようとしたのに、途中まで口にした俺は猛烈な後悔と恐怖を感じた。

「なんでもない」

「途中まで言ってやめないでよ」

「忘れたんだよ」

そこで真葉は一度黙った。

「持病はね、一生抱えていくかもしれないものだけど、別に命にかかわるとかじゃないんだよ」

首を振る音がする勢いで俺は真葉のほうを向いた。

「ほんとか？　嘘じゃないよな？　信じていいんだな？」

「うん、嘘じゃないよ……」

よかったー。今度こそ俺は気が緩んだあまり泣くかと思い、あわてて真葉から顔をそらせる。

「なんか、こんなに友だちに心配してもらえるのなんてずいぶん久しぶりの気がする。元気だよ！　映画の撮影でだってあんなに走ったじゃない！」

「そうか、そうだよな」

「だいたい体育会系でもない映画初出演女子をあそこまで全力で走らせる監督がいるー？　あのテイク五回だよ？　おかげでほーら！　こーんなに走るのが速くなっちゃったよ！」

そう言って真葉はいきなり舗装された直線道路を走り始めた。ヒールの高さがそれなりにある靴がアスファルトを強く蹴る。白いフリルのカットソーから出ている腕もミニスカートから伸びる素足も、色素は薄いけど若さと健康にあふれ、生きていることが嬉しくてたまらないと訴えているようだ。とても病人には見えない。

「真葉待てよー」

真葉のヒールが立てる靴音と俺の声が夏の終わりの青空に吸い込まれていった。

# 10

そこから二人で雑司ヶ谷《ぞうしがや》の住宅街を歩いた。外国人の多いしゃれた町に住む真葉《まは》には、ここの何もかもが新鮮に映るらしい。

色も形もさまざまなプラスチック製の植物の鉢《はち》。スプレーで落書きしてあるトタンの板。道路に置かれた陶器の大鉢には水が張ってあり、水苔《みずごけ》で鮮やかな緑色に変わったその中を無数のメダカが泳いでいる。

細い路地を曲がると向こう側に抜けられるトンネルのような場所には八百屋があり、斜めの平台にはかごに盛った野菜が並んでいる。

そこを抜けた先は車一台がやっと通れるくらいの曲がりくねった細い路地だった。豆腐《とうふ》屋のガラスの引き戸に、がんも一枚いくら、豆腐一丁いくら、と油性ペンの品書きが貼ってある。

たまたま人通りがまったくなくて、狭い路地に蟬《せみ》の鳴き声と秋の虫の音《ね》だけが響いた。

「昭和ラビリンスにトリップした感じ。すごく不思議な感覚だね」

「だろ？　この先も不思議パワー炸裂《さくれつ》だぞ」

「なになに？」

好奇心丸出しの表情が幼い子供みたいだった。

ブロック塀《べい》と、茶色い錆《さび》が浮いた鉄のスライド式の門扉《もんぴ》が見えてくる。閉じられて鍵《かぎ》がかかっている。

「なに？　あれって」

「小学校だよ。廃校になったみたいだな」

「へえ」

「でもなんと入れるんだよ」

「えっ？」

「こっちこっち」

廃校になった小学校の、おそらくはボールが外に出ないように配慮されたバカ高い緑のフェンスには、隙間《すきま》なくつる植物がカーテン状に垂れ下がっている。フェンスの向こう側、小学校の敷地内に植えられた大木が狭い小道に覆《おお》いかぶさるように枝を広げ、俺たちに降り注ぐ強い陽の光を遮断していた。

照りつける太陽のもと、その小道だけがほの暗く、そのぶん突然開けている正面はまぶしいほどに白く発光していた。

あのぽっかり空《あ》いた正面には小学校の門がある。さっきのスライド式の門が正門なのか、こっちがそうなのかはよくわからない。こっちの門は開けっ放しなのだ。

「子供が遊んでるみたい」

「校庭開放をやってるんだよ」

十数人もの子供がサッカーや鬼ごっこをしていた。

「へえ。廃校なのにね」

俺と真葉は、ひきつけられるように校庭に入る。

ふきっさらしの校庭には遊具がそのまま残っていた。

網のやぶれたサッカーのゴールポスト。板の割れたバスケットゴール。黄色や青のペンキが剝《は》げたジャングルジムにうんてい。ロッカーは開きっぱなしのまま錆びつき、中の棚にはグローブか何かの入った半透明のストッカーが在りし日のまま並んでいた。

時が止まった小学校で、校庭だけが息づいているのは奇妙にも映る。

「校舎は役目を終えてるのに校庭は元気だね。さっきの雑司ヶ谷霊園といい、不思議な町だな。霊園は観光スポットで住民の憩《いこ》いの場で、亡くなった人が眠る場所なのにちゃんと生きてるもん」

「そうかもな」

元は昇降口だった場所の前に、青いプラスチックのベンチがあるのを見つけた。

「ちょっと休むか。歩きづめだもんな。あそこにベンチがある」

ひさしもついていて日差しを遮《さえぎ》ってくれそうだった。

「うん」

劣化がひどくて割れるんじゃないかと手で押さえてみたけど、どうにか大丈夫そうだった。

「すごい土埃《つちぼこり》だよ。ハンドタオルあるよ」

真葉が小さいリュックからハンドタオルを出した。

「そんな小さいタオルで二人は無理だろ。お前が敷けよ」

「そう？　じゃあそうするかな」

俺は安いハーフパンツだ。となりでタオルを敷いている真葉にかまわずそのまま座った。

「真葉の服、高そうだもんな。いつも同じブランドなのか？　前にニューヨークのブランドがどうのって言ってるのが聞こえた」

「あー、うん。そうだね。でも咲原《さきはら》くんはこういうのより、もっとカジュアルな服装の女の子が好きでしょ？　わたしも前にラウンジかどっかで男の子同士でしゃべってるの聞いたことあるよ。スポーツカジュアルミックスみたいな？」

「あー、そうだなー。スポーツブランドを女の子っぽく着てるのとかけっこう好きかもな」

「そうかー」

真葉は自分の服装を見下ろした。

「それはそれですげえ可愛いよ。前よく着てたみたいなワンピースよりそっちのほうが俺は好き。テイストが似てるから同じブランドかもしれないけど」

「そう。これが多いんだよね。なぜか」

「なぜか？　自分で選んでんじゃないの？」

「うーん。えーとね……親の趣味も、多少はあるんだ。昨日も海外で買ってきたのをおみやげにって渡されたし。わたしはスポーツブランドのほうも好きなんだけどね。最近は女の子の普段着用にスポーツブランドから枝分かれしたブランドもあってさ。すごく可愛いよ。咲原くんの趣味にも合うかも」

「ふうん」

真葉は、服も全部が全部、自分の好きなものを着ているわけじゃないのかな。あんまり安っぽい服を親は着せたがらないんだろうか。金持ちの令嬢には、庶民にわからない苦労があるのかもしれない。

一度だけ会ったことのある真葉の母親は、家の中なのにかなりきちんとした服装をしていた。

大変だなと思いながら、俺は家から凍らせて持ってきたスポーツドリンクのペットボトルをリュックから二本出して一本を真葉に渡した。

「ありがとう。いいの？」

「いいよ」

うまい具合に三分の二くらい溶けている冷たいペットボトルの蓋《ふた》をねじ切って開け、渇いた喉《のど》に流し込む。となりで真葉も同じことをしていた。

なんとなく洋服の話題が途切れたあとは、たまにスポーツドリンクを口にしながら二人でぼーっと校庭を走りまわる子供たちを目で追いかけていた。

緑の匂いの強い風が時おり吹き抜けて、真葉のやわらかそうな髪を揺らしていく。会話のない一秒一秒がとても大切なものに思えた。

廃校から出た俺たちはまた細い路地の多い住宅街を散策に出た。俺の好きな景色がこの先にあり、そこを真葉に見せたかった。このあたりは雑司ヶ谷でも高台だ。

家と家との間のゆるやかな細い坂を下ると正面が空き地になっていて、一気に視界がぱーっと開ける場所があるのだ。

「わーお！　すごいね。これはほんとにすごい！」

真葉は感嘆の叫び声をあげた。

住宅の二区画分が更地《さらち》になっている。そこ一面を雑草が覆っていて、さながら緑の絨毯《じゅうたん》だった。

更地の終わりには低いブロックとフェンスがあり、その向こうには傾いた陽を受けて銀色に光る瓦《かわら》屋根の波がどこまでも続いていた。遠くにはマンションが林立している。

「ここってこんなに高台なんだね。わからなかったけど」

「そうだな。この更地の横の階段から下に降りるとさ、今見てる屋根の家がある住宅街になる。めっちゃ急な階段だぞ」

「あっち？」

真葉が俺たちが下ってきた坂と逆を指さす。

「そうそう」

更地の脇まで小走りに行くと、真ん中に鉄パイプの手すりがついた石造りの急階段が現れる。

「うわーすごいよ！　怖っ！」

確認だけすると真葉はそそくさと俺のところに戻ってきた。

「な？　すごいだろ？」

「うん。咲原くんが雑司ヶ谷が好きっていうのがすごくよくわかるな。栃木《とちぎ》から出てきてよくこういう町を見つけられたよね」

「そうだな。めでたい偶然だったな。あの巨大霊園パワーなのか過去と現在が混在してるみたいな、たまに奇異な感覚にとらわれたりな」

「わかる」

そう言うと真葉は両手をかざして、更地の向こうに浮かぶ瓦屋根をしげしげと見渡した。

「どこも素敵だったけど、なんだかわたしこの空き地が一番好きかもしれない。ここだけがぽっかり空いてて町が一望できるなんて、なんだかちょっと秘密っぽくて得した気分。緑が鮮やかで清々《すがすが》しいよね」

「そうだな」

「ほんとにわたし、エッジに入れてもらえてよかったよ。こんな素敵な景色が見られたのだって咲原くんと友だちになったからだもんね」

「ほんとになー」

まさかあの真葉とならんで雑司ヶ谷の景色を見る日が来るなんて驚きだった。

「作戦勝ちだね！　あの日、神谷《かみや》くんに脚本渡さなかったらエッジには入れてもらえなかったもん」

「やっぱ同じクラスの俺じゃなく遼平《りょうへい》に渡したのは、そういう裏があったのか」

「当たり前じゃない。咲原くんに渡してたら、読まれないままゴミ箱行きだったもん」

「かもなー。あのころ険悪だったし」

ふいに笑いたくなってしまった。本当に関係って真逆に変わることもあるんだな。世の中にはギャップ萌《も》えって言葉があるらしいけど、俺ほどでかいそのふり幅を体感した男もそうそういないだろう。

それにしても、初デートにこんなことをしている大学生カップルは稀《まれ》だろうな。

一度のんきにそんなことを考えたのに、次の瞬間にはすんなり浮かんだカップル、の単語に不安をあおられている。これが初デートで晴れてカップルになり、この先いくつも同じような日々をこの子と過ごすことはできるんだろうか。

そうそう……俺は悠長に町巡りなんかをしている場合じゃなくて、今日は真葉に対して重要な使命が――。

ちらりと横に視線を動かし、まあまだいいか、と思ってみる。いたく満ち足りた表情をしている真葉の横顔を眺めながら考えた。こんな表情を今は壊したくない。

その後、真葉と俺は更地の横の急階段を下り、さっき上から見ていた住宅街に出た。夏も終わりとはいえ、まだまだ暑い。だけど歩くのがまったく苦にならないほど、真葉と一緒にこの町を散策するのが楽しかった。

「え……ここってなに？」

細い舗装道路の真ん中で真葉が急におびえたような声を出した。なに？　と問われてまわりを確認しても、それほど変わったものがあるわけじゃない。

「なにってなにが？」

「道が……」

「ああこういうのな。なんかこのへんY字路が多いんだよ。なんでだろうな」

確かに変わっている。広い道路の真ん中にいきなり普通の民家の入り口があり、その左右に細くコンクリートの道が分かれていく。かなり鋭角のY字路だ。

「多いの？」

「そう。ほらこっちに来てみ？」

俺はスタスタと歩きだした。

「えっ？」

「ほらここも」

石垣があり、その左右に道が分かれていく。

「えっ」

小さなマンションの左右に道が分かれている。

「あっちもそう。どういうわけかこのへんにはこういうY字路が多い」

普通の民家だったり、マンションや石垣、祠《ほこら》の左右に鋪装道路が伸び、鋭角のY字を描いている。アルファベットのYの形そのままだ。

「ほ……ほんとだ。ここも……」

真葉は目の前にあるY字路から視線をそらすように後ろを向いたら、そこにもY字路があり心底ぎょっとした声を出した。

「真葉、どうしたんだよ」

さっきまであんなに楽しそうで、リラックスしていて、この町が好きだと言っていたのに。

「怖い」

「怖い？　どうして？」

「わ、わかんない。でもこうやって道が分かれたら、間違えてふらっと違う道を行ったら、もう二度と一緒にいた人には会えないような……わかんない。わかんないけど……なんだかものすごく怖いの」

「真葉……」

ばら色だった頬は血の気を失い、こころなしか細い肩が小刻みに震えているようだった。

「せっかく一緒にいてこんなに楽しくても、何かの拍子《ひょうし》にほんのちょっと……ほんのちょっとだけ離れて右と左……違う道に踏み込んだが最後、道と道の間隔はどんどん拡がっていく一方なんだよ？　やだよ！　嫌だすごく！」

確かにほんのちょっと離れただけで左右に分かれてしまいそうな、超鋭角のY字路もあるにはある。だからって普通、そんな連想をしてここまで恐怖をあらわにするものか？

真葉はなかばパニックを起こしたように両手を拳にして両耳の下を押さえた。今にも座り込みそうだった。

「ちょっと来い、真葉」

崩れおちそうになる真葉の腕をつかみ、ひっぱるようにして逆方向に俺は歩きだした。ここでこの町を嫌いになってほしくない。さっきまでの真葉の笑顔を取り戻したい一心だった。

そこも民家の両脇に道路が伸びるかなり鋭角のY字路だった。

「真葉はこっち側から行けよっ。じゃあな」

「えっ！　咲原くん待って！」

まだ体が硬直してうまく動けない真葉は俺に押し出されるまま、Y字路の片側に取り残された。

ここのY字路は民家が何軒か集まっただけの小さな三角形の土地だ。反対の道から急いで回り込めば三十秒とかからず真葉の正面に出られる。

俺は真葉がいるY字路の反対の道路を全力で走った。

「真葉！」

「ええっ？」

さっきとまったく同じ体勢で真葉は道路の端で立ちつくしていた。自分を置いて違う道を行ったはずの俺が正面にいるのを認めると、大きな目をさらに大きく、限界まで開いた。

「会えないなんてことはないんだよ。道はどこでもつながってるもんなんだ」

「怖かった。なんでこんなことするのよ！　怖いって言ってるのにどうして置いてったりするのっ？」

俺の胸に向かって拳を振り降ろそうとする真葉の両肩を摑《つか》まえた。

「真葉っ！」

そんなに怖くて、俺を叩くことで少しは気が収まるなら、と叩かせるままにしておいた。拳をひとつふたつと力なく俺の胸に落としながら、真葉の瞳にはみるみる水の膜がはり、やがてはそれが決壊した。いくつもの涙のしずくがアスファルトの色を変える。

俺はほとんど無意識に真葉を抱きしめていた。

「真葉に嫌いになってほしくなかったんだよ。俺の好きな町を」

「…………」

「Y字路にそんなたいそうな意味なんてないよ。ちょっと形が変わったものがこのへんには多くて、Y字路も単なるそのひとつだ」

「だって……でもごめん。嫌いになんてなってない。やっぱりここは素敵な町だよ」

「そうだよ。真葉、楽しそうな顔してたよ、今の今まで」

「でもやっぱり違う道は嫌だよ。咲原くんがいなくなっちゃったんだと思った。ものすごく怖かったんだから！」

真葉はいやいやをする子供のように、俺の胸に押しつけたこめかみを左右に振り、もっと深く頭をそこにうずめる。

「俺はいなくならないよ。絶対にいなくなったりしない！」

「うん……」

真葉を抱きしめる腕に自然に力が入る。この子が愛《いと》おしい。愛おしくて恋しくて、どうにかなってしまいそうだ。

脳内から全ての思考が追い出され、真葉に対する感情だけがそこを占拠する。

「真葉、俺、真葉が好きだ。つき合おう？」

あれほど解き放つのが難しくて、今日も真葉が笑顔でいてくれればそれでいいかなんてチキンな尻込みをしていたのに、伝える予定だった言葉が唐突にすべり降りた。

真葉の答えを聞くことも今は怖くない。

その瞳を覗き込むために、俺は真葉の肩に両腕をかけたまま距離をとった。

最初真葉の瞳には驚愕《きょうがく》の色が浮かび、それがゆっくりと喜びに変わっていく。目元につられるように唇がわずかに開き、口角が引き上げられて笑顔の形を作りはじめる。

俺に爆発するような歓喜が移る寸前、途中まで作られた真葉のその表情は、形作った時の半分の速さで壊れてしまった。

「だめだ……。できない」

「え？」

「できない。それだけは……、どうしても、どうしてもできない」

「できない？　好きじゃないから？　俺に恋愛感情がないから？」

「できない……。できないの」

「だからなんで？　好きじゃないなら好きじゃないってはっきり言ってくれ！」

「だって、だってダメなんだよ」

うわごとのように真葉はそればかりを繰り返した。何度も何度も。

ようやく落ち着いたのは数分後だった。そうして真葉は俺に、つけいる隙のない残酷な宣告を下す。

「うん。恋愛感情は、ない、から」

それから、たぶんさっきのY字路の恐怖によって浮かべたものとは違う種類の涙が静かにその頬を伝った。

# 11

空には鰯雲《いわしぐも》が浮かび、その下で幼稚園児がどんぐりを拾っている。一番眩《まぶ》しい季節は去った。

それからひと月近く、俺と真葉《まは》はすれ違い続けた。

もう映画の撮影もないわけで、絡《から》む必然性がなくなっていた。それでも真葉も俺もエッジがたまり場にしているラウンジには足を運んだし、学部が同じだからかぶる授業も多かった。学食でもキャンパスのどこかでも顔を合わせるわけだ。

振られた意地もあり、俺はつとめて平静な態度を取るようにしていた。

遼平《りようへい》たちに真葉との仲をあれこれ詮索《せんさく》されたりからかわれるのはこりごりだから、振られたことは伝えておいた。みんな一様に腑《ふ》に落ちない顔をしていたけど、これがまぎれもない真実なんだからどうしようもない。

エッジの活動においては現在、夏に撮った映画のＮＧカットを抜いたり音響を足したりして、みんなで観るオールラッシュを作る作業が中心だった。これは今の俺にとってあまりにも過酷で、もはや試練の域だった。

真葉の笑顔や困り顔、くるくる変わる魅力的な表情は、データに、というより俺の脳みその海馬《かいば》に焼きつけられていく。

特に苦しいのが、ＯＫカットでそのまま残さなければならないナオとの自転車二人乗り告白シーンだ。バカ遼平が好きなやつを思い浮かべろなんて余計なアドバイスをしたおかげで、真葉は俺の知らない誰かを胸に描き、きれいすぎる涙を流している。

「はーっ。もう勘弁《かんべん》してくれよ」

パソコンの前で言いようのない疲労感に襲われ、俺は画面から視線を逸《そ》らして片肘《かたひじ》をつき、前髪の生え際《ぎわ》を掻いた。

できたオールラッシュをエッジメンバーで試写する日は、エキストラ含めほぼ全員が指定の教室に集まってくれた。

昨日の夕方、台風の影響で降った長時間の記録的豪雨のせいで、キャンパス内にはあちこちに水たまりができていた。木の枝葉もかなり落ちていた。でも頭上に広がるのは台風一過の見事なまでの秋晴れだった。

真葉が少しやせたような気がする。見るな見るなと脳が指令を与えても、俺の視神経はそれをあざ笑うかのようにスルーする。

「真葉やせたよね。たまにせき込むことがあるんだよね。走ったあととかさ」

「え?」

ビデオをセットする俺に寄ってきて優子《ゆうこ》がそんなことを告げていく。

やっぱりやせたのか。せき込むのはすごく嫌だな。

持病があると言った彼女の言葉を、もう関係ないんだと無理やり封じ込め、俺はひたすらマニュアル通りの操作に没頭する。

「あのさあ、この告白シーンのとこな?　新しい世界に踏み出したあとの椿《つばき》Aが、懐《なつ》かしんでもう一度あの自転車を走らせた場所を訪れる画《え》を入れたいよな」

オールラッシュの後、話し合いがほぼ終わったところで、そんなバカげたことを言いだしたのは遼平だ。

二十分程度の短編映画になる予定のこの話、単純にOKカットだけを拾ってつなげたオールラッシュは現時点で一時間くらいだ。ここから緻密《ちみつ》な編集をして人様に見せられるものに仕上げていく。いらないカットを抜くための話し合いが主《おも》な予定なのに、今さら足すってなんだよ。

「何言ってんだよ。もうあとはこれで普通に編集したほうがい――」

「あっ！　それは必要だよな、やっぱ余韻《よいん》が違うよ」

俺が言い終わらないうちに、すぐさま雄吾《ゆうご》が遼平に同意する。

「それいいよな。絶対入れたほうがいいな」

「うんうん」

孝輔《こうすけ》もナオも口をそろえる。

「みんな何言ってんだよ」

「急がないと学祭に間に合わないだろ。悪い、貴希《たかき》。真葉と二人でちゃちゃっと撮ってきてくれる？　動かないワンカット、佇《たたず》んでる画《え》だけでいいから。もうカチンコとかいらないから。監督のお前が撮ればいいだろ」

「はぁー？」

遼平のありえない提案に俺は素《す》っ頓狂《とんきょう》な声をあげた。

「そうだな。法学部は今なんにもないんだろ？　だけど俺たち教育学部は必須科目で中間レポートがあるんだよ。それ出さないとやばくてさ。もう戦々恐々」

遼平を後押しするように孝輔が畳みかける。

「え、っていうかそれ決定？　おかしいってみんな！」

「貴希、決まりだよ。エッジは多数決だろ？」

嘘。なんでみんなこんなイジメみたいなことをするんだ？　俺が真葉に振られたことは周知の事実だろ？　それを一カ月かそこらしか経《た》っていないこの状況で二人で画《え》を撮りに行け、だと？

あればあったで今とは違うよさが出るかもしれないけど、そこまで固執《こしつ》しなくちゃならない画だと俺には到底思えない。

「雄吾、それじゃ一緒に——」

「あー悪い。俺モルゲンの役員だから試合予定組んだり忙しくってさ」

唯一《ゆいいつ》教育学部じゃない雄吾に救いを求めたら、簡単に切って捨てられた。

じゃ、せめて優子かかすみが一緒に来てくれないかとそっちを向いたら、おもむろに背中を見せて教室から出ていった。

残ったのが状況を把握できていないみたいにその場にぽかんとつっ立つ真葉だ。

「真葉、行ってくれるよな？」

遼平が真葉にダメ押しをする。

「うん。それが必要なら行くよ」

なんだよ、それ。これが振ったほうと振られたほうの違いなのか？　真葉は気まずいとは思っていないのか。

確かにつき合って別れたり、振ったり振られたりした後、友だちに戻ることもあった。でもそれには、双方の恋愛感情がきれいさっぱり消え失せていることが第一条件になる。もとから俺に気持ちのなかった真葉は問題がないのかもしれないけど、少なくとも今の時点で俺にはぜんぜん無理だった。

「じゃこれな」

「え」

遼平は自分のリュックから撮影に使っていたメインのカメラを出して俺に渡してきた。この急展開に頭がついていけない状態で、渡されるがままに受け取ったカメラに視線を落とし、途方にくれる。

「じゃ、そういうことで。俺たちレポートで忙しいからさ。早く行けよ。もう学祭の登録始まってるからな」

ばたばたと慌《あわ》ただしくみんな出ていった。友情に疑念を抱かざるをえない強烈な出来事だ。

「咲原《さきはら》くん、えーと」

二人になるのはあの雑司《ぞうし》ヶ谷《がや》に行った日以来で、夏の余韻《よいん》はすっかり影をひそめている。

「真葉、いつなら大丈夫？　早い方がいいよな」

ほぼ自棄《やけ》だった。

「いつでもいいよ」

「もうこのまま行こうか」

どうしたって投げやりな気持ちになるだろう。椿Aがこっちの世界に戻り、晴れて外に出て思い出の地を訪れた画《え》が一枚なら、服装とか髪型はいままでとつながりがなくてもいいわけだ。この予定をあとまで引っ張りたくはない。

「いいよ。大丈夫」

ちょうど今日はバイトも入っていなかった。


二人とも何を話せばいいのかわからないまま、人の波とは逆に北門から大学付属図書館を抜け、荒川《あらかわ》線の駅まで黙々と歩く。そこからあの日二人で乗った一両編成の都電に乗り込む。自転車での告白シーンの舞台になった王子《おうじ》の醸造試験所跡地公園まではこの路線なら一本だ。

今日も車両内は混んでいた。二人でつり革に並んで摑《つか》まり、目の前を流れていく景色をぼんやりと眺める。荒川線は一駅間が比較的短いところが多い。

隣の駅に着いて車両が止まる時、横にいる真葉の身体が大きく傾《かし》いだのがわかった。

「真葉」

とっさに手を出してその細い身体を支える。

「ごめん、ちょっとふらついちゃって」

さっき優子が、真葉は最近やせてきたし走ったりするとせき込むことがある、と告げに来たのを思い出した。

「真葉、ちゃんと食ってんのか？　お前やせたんじゃないか？」

持病があると前に聞いた話がどうしても脳内でクローズアップされていく。

「大丈夫。ここんとこちょっと食欲がなかったんだよ。ダイエットになってちょうどよかった」

「別にそんなことする必要どこにもない体型だろ？」

「これだから男子はわかってないよね。女子はモデル体型に憧《あこが》れちゃうものなのー」

歌うように真葉がささやく。光線の加減か、もともと白い真葉の肌はそれを通り越し、青くさえ感じた。

ラッキーなことに空いた斜め前の席に真葉を強引に座らせる。荒川線には年配の人が多く乗車してくるから、どことなく学生が座るのは憚《はばか》られるような空気がある。でもそういうことにかまっている場合じゃない気がした。

王子に着き、あの真夏の撮影から二カ月、季節が様変わりしていたことを今さら知った。もう蟬《せみ》は鳴いていない。満開だった赤紫色の小さな花もなく、おそらくぼうぼうだった草木を刈り取られた後だった。そこにまたちょこちょこと雑草が伸びている。

昨日の豪雨の影響で緑は洗われ、夕陽に煌《きら》めくようだった。

秋の遊歩道に立つ真葉をファインダー越しに見つめる。

俺は安心して堂々とこの子を直視したことがなかったことを、これでもかとつきつけられている気分だった。

映像を撮るという大義名分の上にならどんなに見つめてもかまわない。盗み見る必要がないことのストレスフリーな状態。

それとともに知ったのは、エッジに真葉が入ってきてから、どれだけ彼女を盗み見ることに神経を注いできたかという最低な事実だった。

早く切り上げたいのに、いつまでもこうしていたいような悲しい矛盾《むじゅん》を感じた。

帰りは南北線《なんぼく》の王子駅から渋谷《しぶや》に戻る真葉を駅まで送るため、大きく湾曲するなだらかな坂を下っていた。道路の遥《はる》か下には春は桜の名所になる飛鳥山《あすかやま》公園の遊歩道があった。その公園を通っても駅までは行ける。ここも地元民には憩《いこ》いの場になっているんだろう。デザイン性豊かな曲がりくねった小川や水車まであるものの、いつもは水を張っていない。

昔は大きな川の支流だったそうだけど、今ではこちらに水を回していない。でも本流の川が氾濫《はんらん》した時のために、ここの水路は残してあるのだと誰かから聞いたことがある。

珍しくその水路に水が流れ、色づいた葉が舞い散ってなかなか風流だった。きっと昨日までの豪雨の影響だ。

真葉は、こういう景色が好きだよな。珍しい景色に目をきらきらさせる、子供のような真葉の習性を思う。

俺は下の公園を指さした。道路から公園に降りる階段が伸びている。

「通っていく？　ここを通っても、駅までほとんど距離は変わんないよ」

「……いいの？」

「おう」

たったこれだけなのに、なんだかずいぶんひさしぶりにするまともな会話の気がした。

自然に溶け込むように、木の手すりや丸い石を敷きつめて作った階段を、俺が先に立って降り始める。

すっかり陽が落ちるのが早くなり、まだ六時なのにあたりは薄闇に包まれていた。

片手にさっきまでチェックしていたカメラを持った状態で、後ろの真葉を気にしながら階段を降りた。

「咲原くん！　後ろ」

俺は真葉のほうを振り返っていた。

金切り声に近い悲鳴を真葉が発し、え？　と階段下に向き直るのと、俺の手の中にあるカメラが誰かの手で揺さぶられるのが同時だった。

とにかくカメラだけは離しちゃいけないと、右手は持てる握力をすべて使ってそれにくらいつく。反射的に俺は反対の手で真葉を庇《かば》っていた。だから両手がカメラの上にあったわけじゃない。

手首に血管が浮くほどカメラを握りしめながらも視線をあげ、相手を確認する。俺よりも五つくらい上の不良じみた二人組だとわかった。

火事場の馬鹿力で相手を振り払って取り返したカメラを二、三段上にいる真葉に渡す。下の公園側階段の二人とは逆方向の道路側、上方を顎《あご》でしゃくる。

「真葉逃げろ！　これ持って逃げろ」

真葉はすばやく上の道路を確認した後、カメラを受け取り猛烈な勢いで階段を駆け上り始めた。まだ降り始めたばかりだったから道路までは数段だった。

真葉を追われないように、ここでやつらを食い止めなくちゃ、と思ったのはわりとお気楽な考えだったとすぐに知れた。

ないのだ。俺のリュックが。片手でカメラをつかみ、反対の手は真葉のほうに伸びていた。背負わずに肩からかけただけにしていたせいで、俺がカメラに気をとられている間にリュックを腕から抜き取られていた。

俺の前に立ちはだかる大男の後ろで、もう一人のほうが俺のリュックの中身を早くも物色している。

「咲原くん！」

後ろから、逃げたはずの真葉の声がし、仰天《ぎょうてん》した。戻ってくるなよ、とそっちを振り仰いだら、真葉は俺たちと同じくらいの年齢の男を五、六人引き連れていた。道路を見上げた時に最初から目についた彼らに助けを求めるつもりだったんだろう。

「やべえぞ。逃げろ。いいよサイフさえありゃあもう」

「だな」

その人数にビビったのか下にいたほうの男は俺の黒いサイフを片手に、階段を飛びすさるように降り始めた。

気をそらすためか時間稼ぎのつもりか、俺のリュックを公園のほうに投げ捨てて。

薄闇に放物線を描きながらリュックは宙を舞い、いつもは水涸れしている用水路の中に落ちた。昨日の豪雨で脛《すね》くらいまでは深さのある流れができている。

あの中には——。

一瞬足が固まってしまい、うまく反応できなかった。バカ面《づら》さげてリュックの行方《ゆくえ》を目だけで追っている俺の横を、小柄な影が駆け抜けた。

俺一人が著《いちじる》しく反応が遅れる中、五人の同年代の男たちは財布を盗んだ二人組を追いかけ、真葉は落ちて流れ始めたリュックを追いかけて用水路に入った。盛大な水しぶきを上げながら数歩でリュックに追いつきそれをさらって高々と上に掲《かか》げる。もう水に一ミリでもつけるもんかといわんばかりの動作だった。

そのわりに自分は滑って転び、水の中に尻《しり》もちをついていた。腰から下が水浸《みずびた》しだ。

「真葉！」

ようやく動きだした役立たずの足で、真葉のもとまで走る。

真葉は片手を水の中について身体を支え、反対の手を空に向かって伸ばしていた。その手には俺の黒いリュックが握られている。

「咲原くん早く受け取って。わたしもう手が水浸しだから。早くリュックから携帯出さなきゃ。ぶぶ、無事だったよね？」

リュックを真葉から受け取ると、反対の手で彼女の腕をつかんで引っ張り上げる。

「真葉、水から上がれ」

「うん」

ぼたぼたと大量にしずくを落としながら用水路から上がる真葉の気配を感じながら、俺は水に浸《つ》かったままリュックの中身を漁《あさ》った。

体育があったから大ぶりのスポーツタオルの予備が今日は入っていた。あまり濡れていないそのタオルの上になる形で流されたんだろう。携帯の動作に問題はないようだった。

「よかっ……」

携帯は奇跡的に無事だった。

「さ、咲原くん、携帯」

「ありがと、真葉。無事だったよ」

「よかった。ほんとによかった……」

ガタガタと秋風に細い肩を震わせながら呟《つぶや》く真葉はびしょ濡れで、顔や髪にはところどころ泥が散っている。

首に太いバンドが巻かれていたからなんだと思ったら、それはカメラについている固定ベルトだった。濡れないようにカメラは背中のほうにまわして、真葉は水に入ったのだ。

「ばか」

着ていたパーカを手早く脱ぐと、それを濡れねずみの真葉に乱暴にひっかぶせる。

そうして俺は、気がついたら彼女を引き寄せていた。振られたはずなのに。こんなことをするのはルール違反のはずなのに。


「よーよーいいねー」

「俺たちの存在忘れてない？」

「俺たち表彰されんじゃね？」

後ろから陽気な声がして振り向くと、そこにはさっきの男子五人組がいた。一人が俺の黒い長財布を顔の横でハタハタと振っていた。

財布を取り戻してくれた男子たちは俺たちと同じ大学生だと知った。俺と真葉が丁寧《ていねい》に頭を下げると、これから予定があるし警察に事情聴取とかだと面倒だからもう行くね、と手を振って去っていった。

俺たちがリュックにかまけている間にかなりの大事《おおごと》になっていたらしく、いつの間にか登場したおじさん四人が男子学生の後を引きつぐ形で、不良二人を縛り上げていた。

誰が呼んだのかその後パトカーと救急車もやってきた。

俺は事情聴取のために財布を盗んだ二人組と一緒に警察署まで行ったけど、びしょ濡れでせき込んでもいた真葉は、救急車で病院に連れていかれた。


その夜から、真葉は熱を出し入院することになった。もともと具合がよくなかったところに、腰から下が水に浸かったことで本格的に風邪《かぜ》をひいてしまったらしい。やっぱり真葉は身体が強くない。

病院だから電話はできないけど、俺が送ったラインにはこっちを気遣《きづか》うような言葉ばかりが返ってくる。

熱はちょこちょこ出すから気にしなくていい、とか。風邪なんて治るけど、咲原くんの携帯は壊れちゃったらお兄さんが連絡してきた時に、取り返しがつかないことになるかもしれないでしょ、とか。

それにしても、熱が上がったくらいで入院って、そんなことがあるんだな。

真葉の家は桁外《けたはず》れの金持ちでしかも一人娘だ。その一人娘が身体が弱いとなれば、親は過剰《かじょう》に心配するものなんだろうか。……それは、本当に過剰な心配、なんだろうか。

俺は手の中にある、もうだいぶくたびれてきた国産メーカーの黒い携帯をなでてみる。真葉が熱を出してまで守ってくれた携帯だ。

長く静かな、答えの決まっている逡巡の後、俺はひとつの番号を呼び出し電話をかけた。何年もかけられなかった。でもこの番号からの連絡があるかもしれないと思っていたから、携帯を変えることもできなかった。

咲原くんはお兄さんを待ってる。〝待つ〟って行為は愛《いと》おしいことの象徴だよ。約束のない人を待つって行為はね！

呼び出し音に真葉の声が重なる。怖い気持ちがすっと消えた。子供時代を一緒に過ごしたこの人が愛おしい、そういう本心だけが残っていた。

# 12

真葉《まは》からお見舞いに来ていいよ！　と連絡があったのは入院してから三日目のことだった。

熱があってぼうっとした顔を見られたくないから来ちゃダメだと言われた。三日も見舞い了承の連絡を待ち続け、あー待つってほんと愛《いと》おしいぜ、と身をもって知らされる毎日だった。

予想にたがわず真葉の病室は一人部屋だった。これも予想にたがわず親は付き添っていない。真葉の家は母親だってバリバリのキャリアウーマンだ。

エッジのメンバーで最初は一緒に行ったけど、その次の日も俺は一人で見舞いに行った。真葉だけにしたい報告があった、真葉の発熱に対して俺は責任がある、それは建前で、当然本音は別のところにある。

単純に会いたかった。ものすごく、元気に笑っている顔が見たかった。

振られてからあれだけ気まずくて避けてきたのに、あの日、必死に俺のリュックを守ろうとして、結果熱まで出している真葉の言動を思うと、抑え込んでも自分で対処しきれない謎の自信がばりばりと湧いて出る。

これが鬱陶《うっとう》しい若さとか、別の言い方をすれば厨二《ちゅうに》って症状か。厨二はさすがに年齢的に遅すぎだろうが、中二の時期に厨二になった覚えがないから、形を変えた遅い到来なのかもしれない。

そんなわけで俺はどこかで真葉と自分のつながりを確信していた。ポジティブもネガティブも取り払ってひたすら客観的であろうとすれば、最初に告白した時、直後の真葉の瞳には間違いなく歓喜が浮かんでいた。

俺が携帯をいつまでも変えない理由を見破ったのも真葉だけだし、きわめつけが今回のひったくり事件だ。

逃げろと怒鳴ったのに真葉はそうせずに応援を呼んできた。

ああいう場合、男女じゃ起こりうる事態の意味が違う。男は金品を取られるだけですむかもしれないけど女子はそうはいかない。女子は怖いはずなんだ。にもかかわらず真葉は逃げなかった。具合が悪いのに水に入って俺のリュックを守ってくれた。

前々から真葉とはやけに目が合う。それは俺が真葉を四六時中目で追っているからだけど、裏をかえせば彼女もこっちをまったく見ていないのなら、目が合うこともない。

この自意識過剰《かじょう》が叩き潰《つぶ》されて真葉から蛇蝎《だかつ》のごとく嫌われない限りは、食い下がってみようと決めてしまっている。

真葉と俺以外には誰もいない真っ白な部屋。そこで四五度の角度まで起こしたベッドの上で、真葉が告白前と変わらない屈託《くつたく》のない顔で笑う。

雑司ケ谷《ぞうしがや》で気持ちを告げて玉砕《ぎょくさい》し、それから気まずかった一カ月。でも真葉のほうも何かを吹っ切ったような表情をしていると感じるのは、俺の願望だろうか。

「もう熱、完全に下がったのか？　昨日は微熱って言ってたじゃん？」

「うーん。微熱って言えば微熱だけどこの程度、普段の生活でもたまたま計ってみたらそうだった、くらいの体温だよ」

「じゃなんですぐ退院になんないんだ？」

「確かに連れてこられた時は熱がそれなりにあってさ、でも抗生剤が効いてる気配がないから。どんどん高くなって、抗生剤の点滴、種類を変えるってタイミングで一時的に外した時にばーって下がってさ。それがお医者さんからしたら納得いかないみたい。また上がるかも、みたいなこと言われて。もう……抗生剤とか関係ないんだけどなー」

「え？」

「いや、なんでもない」

個室に何日も入れておけるだけの財力あってのことだな。うちだったら、元気なら返してくれと親のほうが頼みそう。

そこで俺はこれだけは伝えなくちゃいけないことを口にする。

「真葉」

「なに？」

「携帯。マジでありがとな。またあんなことがある前にって、連絡取ったよ。兄貴と」

「そっか」

「真葉の言ったとおりだった。兄貴の方もずっと俺のことを気にしてて、でもどの面下《つら》げて連絡できるんだ、って思ってたみたい」

「よかった。ほんとによかったね」

「おう。ありがとな。真葉のおかげ」

照れた笑顔。俺の大好きな笑顔。そんなことはないよ、と微笑んだ。

「学祭までまだ半月もあるんだから、それまでにはさすがに出てくるよな？」

「当たり前じゃない。もう一分一秒が惜しいんだよ、わたしには」

「そうか。まあ見たとこぜんぜん元気だしな」

「でしょ？　このまま退院してもいいくらいなのにさ」

「一緒に見ようぜ。完成した俺たちの映画さ」

「うん」

最初、エッジに入る条件が、なんでもやるし好きなようにやっていい、だったから、真葉は自分の作った脚本に入れる手直しにほとんど文句を言わない。

でも次の脚本はちゃんと真葉の意見も尊重するよ。脚本に関して一番実力があるのは間違いなく真葉だから。次はみんなで学生映画の真剣なコンクールでも狙《ねら》おうぜ。

そこまで口にできなかった。まだまだ恥ずかしくて言えないことも多いのだ。

でもいいよな、真葉。俺たち若いから、これからいくらでも時間はあるんだ。

検温に来た看護師があからさまに迷惑そうな様子で動き回るから、仕方なく席を立った。

真葉の家から、変な虫がつかないように金でもつかまされているんじゃないだろうか、と勘ぐりたくなる。

病院の門を出たところで思わぬ女子に呼び止められた。

「咲原《さきはら》くん」

「え？　あ、大谷《おおたに》さん？」

真葉の初等部からの付き合いの彼女は今日も高価そうなワンピースに完璧な化粧で、お嬢様スタイルが全開だった。同じブランドでも最近はカジュアル路線をチョイスする真葉とは、いまやだいぶ雰囲気が違う。服装のせいばかりじゃない気がするけど。

病室には不釣り合いなほどの、あでやかな深紅《しんく》のバラの花束を抱えている。

「真葉のお見舞いだったの？」

「うん。大谷さんはこれから？」

「まあ一応ね」

友だちの入院見舞いに行くのに、一応、なんだ。

「勝ち誇った顔してるけど、正直ここまでだと思うわね」

「え？」

「真葉、抗生剤が合わないだのなんだの言ってなかった？」

「ああ。だけど今はもう熱もないし」

「また上がるかもしれないって聞いたわ。高熱になるかもしれない」

「まさか」

「備えて大事をとって退院させてもらえないの。それはおばさまから直接聞いたから確実よ。おばさまもう一度熱でも出して、またもとの従順な娘に戻ってほしいんじゃないの？　いまのままじゃ会社に有利な縁談だって蹴っ飛ばしそうな勢いだものね。ずいぶん毛色の違う方々と交流があるようで、ってこの間おばさま嘆《なげ》いてらしたわ。もっとも真葉はかなりがんばって今だけの軽いつき合いだって主張してたみたいだけどね」

〝おばさま〟が真葉の母親を指すのだと、大谷さんの一連のセリフが終わるころようやく気がついた。

大谷さんが口にした〝従順な娘〟ってのにもたいそうな違和感がある。以前の村瀬《むらせ》真葉は親には従順だったのか。その反動がクラスメイトいじめなんだとしたら、そっちのほうがよっぽど問題だ。

「今だけ、ねえ」

「そんな皮肉っぽい言い方しなくてもいいでしょ？　真葉にしても、そういうことにでもしなけりゃ映画撮影なんて力ずくでやめさせられてたはずよ」

「へえ」

娘の高熱を願う親なんているものなんだ？　そんな世界で真葉は暮らしているのか。

一度エッジの打ち上げで遅くなった時に挨拶《あいさつ》をした真葉の母親の、頭を下げる俺に対して眉ひとつ動かさない石像のような面持《おもも》ちを思い出し、寒気がした。

「また高熱が出て性格が戻るまで、せいぜい仲良くしたら」

彼女はそう吐き捨てると俺に背を向けた。

「なあ」

俺はふとした引っかかりを感じ、その背に声をかけた。

「なあに」

止めた足は動かさず、大谷さんは上半身だけを俺のほうに向けた。

「真葉、子供の頃からしょっちゅう熱を出してたんだろ？　こういうのは初めてじゃないんだろ？　特に高校入学あたりまでは学校も休みがちでさ。大谷さんたちがノートとか取ってフォローしてくれてたんだろ？」

真葉はきっとこの子たちに幼いころからずいぶん世話になっている。

大谷さんの眉間《みけん》に胡散臭《うさんくさ》そうな縦じわが寄る。

「は？　なんのこと？」

「だから。真葉は身体が弱くてすぐ熱を出すんだろ？　私立でも中学までは義務教育だからエスカレーターですんなり行けて、勉強は家でがんばってたから高校も同じところに行けたのかもしれないけど」

「誰のことよ？」

「だから真葉だって。高校のはじめくらいまでは休みがちだったって――」

「どれほどの日数のことを指してるのかわからないけど、休みがちですんなりあがれるほどうちの高校は甘くないんじゃないかしら。ま、実際は知らないけどさ」

「え？」

「休みがちなんて一体誰の話だっていうのよ。高熱が出ただの……まして入院なんて知ってるかぎり今回が初めてよ」

「…………」

「ま、鬱憤《うつぷん》もたまるでしょうね。確かにズル休みは中学で数回あったかもしれないわね。まあ、うさ晴らしは学校でしてたか」

彼女は意地の悪い笑みをこぼした。

# 13

大学祭の当日がやってきた。俺たちが半年間、全身全霊、丹精込めて作り上げた映画を上映する時だ。

大学祭のだいぶ前から、エッジメンバーのみならずその人脈総動員でちらし配りをし、ネットで宣伝動画を流し、それなりの手ごたえは感じていた。

孝輔《こうすけ》の作ったちらしはうっとりするほど幻想的で、独創性に富んだこの椿《つばき》ＡＢの話の魅力を余すところなく引き出している。

配信した宣伝動画の再生回数もまずまずだった。

大学祭二日間で上映回数は初日に二回。大きく見込んで借りた階段教室の会場を埋めるくらいの人数は、呼べると踏んでいる。

ちなみに真葉《まは》はあれから熱を出すこともなく数日で無事退院となり、その後は俺たちと一緒に元気いっぱいちらし配りに奔走《ほんそう》した。

うちの大学祭は日本でも有数の観客動員数を誇っている。開催中キャンパス内は人、人、人、とにかく人。

ただでさえ敷地のわりに多い学生数に、芸能人のライブや学生のパフォーマンス目当て、この大学の受験を考える高校生でむせかえるほどの人の波だ。自分の二人前には誰がいるのかわからない状態。

入り乱れる何種類ものはっぴやカラフルな揃いのTシャツ。中には奇抜な仮装。たまに目につく仮装サークルの連中は、今日も得意のハイクオリティな宇宙服で闊歩《かっぽ》している。

キャンパス中、どこに行ってもこの二日で燃え尽きてもいいと決め込んでいるような、若さとパワーが炸裂《さくれつ》していた。

俺たちエッジメンバーは、初日の二回が終わったら他の出し物を見て回り、存分に大学祭を楽しむつもりでいる。俺は初日、上映の合間をぬって当番でモルゲンの模擬店を手伝うけど、二日目は完全にフリーだ。

性懲《しょうこ》りもなく真葉を誘い、一緒に回ろうと決めている。

階段教室で椿ABの映画を上映した。比較的新しくできた教室で、最新の大型スクリーンがある。見込んだ通り場内に空席はほとんどなかった。

ファーストシーンは裕也《ゆうや》が自転車の二人乗りで椿に告白をしたあの緑の桜並木、王子《おうじ》で撮ったカットだ。

誰もいない遊歩道の脇で、赤紫の小さな花の群生が風に揺れている。シリアス調のきれいな画《え》の上に、題名がゆらゆらと揺れながら浮かび上がる。

そんな落ち着いたシーンを経《へ》て椿ＡＢの対峙《たいじ》場面だ。

そこからは一人二役で、初めの頃はきりきり舞いだった真葉の魅力が炸裂していた。真葉扮《ふん》する椿が、画面いっぱいに生き生きと躍動している。

大根役者もいいところで、頭が痛くなるほど何度もカメラをまわしたシーンもあった。実際どの場面を切り取ってもとても演技が上手《うま》いとは言いがたい。

でも、特に椿Ｂの世界に入ってからの真葉の演じる椿Ａは、生きることを取り戻した少女の喜びが、これでもかというほどに画面から満ちあふれていた。

真夏の太陽光にも満開のひまわりにも負けない圧倒的な笑顔が、スクリーンに咲き乱れる。

何をしていても楽しくて仕方がないと訴えるその瞳が、一挙手一投足が、なぜか痛いほど胸に刺さる。こっちの心臓までがえぐられて呼吸困難になりそうだ。

そりゃただの笑顔じゃないのはストーリー上わかっている。元の世界に帰らなければならない切ない展開なのだ。

裕也の告白を受け入れるシーンのひっそりとした涙には、不覚にも目頭《めがしら》が熱くなる。不覚にも、ってことはないのか。監督は俺だった。

だけどまぎれもなくこの映画は、脚本から主演まで、真葉の才覚によるところが非常に大きくてここまでの作品に仕上がっている。エッジメンバーはこの脚本に心底魅《み》せられ、各々《おのおの》の持ち場で力量以上の役割を果たしてくれた。

これが演技初体験の真葉。

真葉には天性の女優の才能があるのかも……。いや、ないか。

演技がこれほどヘタクソなのに、胸に迫るものがあるなんていう不可解な女優は、プロでもアマでも見たことがない。

自分の世界でひきこもり生活から一歩を踏み出した椿Aが、現在通う大学、椿Bの世界で裕也と出会った校舎を見上げるラストシーンの後、しみじみと温かい感情が場内を包んでいるのがわかった。

友だちの誰かが始めてくれたのか最初はパラパラとした拍手だったのが、最後にはスタンディングオベーションに近いような大きな喝采《かっさい》となった。

エッジのメンバーで映写に携《たずさ》わらない者は教室の一番後ろに並んでいる。その中にいる真葉が、魂を抜かれたような無表情で、頬に伝う涙をぬぐうこともせずにいるのが視界に映った。

真葉にそっと近づく。

「真葉、明日は大学祭、一緒にまわろう。打ち上げまでさ」

ぱっと振り向いた真葉は、一瞬びっくりしたようなまなざしを向け、それから生真面目《きまじめ》にこくりとうなずいた。自分が大量の涙を流していたことには、ついぞ気づかなかったらしい。

◇

次の日、北門で昼に真葉と待ち合わせをした時、俺は軽く二度見をしてしまった。

真葉の服装がいつもとはえらく違ったのだ。普段着ている高い海外のブランド物とは一八〇度イメージが異なっている。

スポーツブランドのロゴが入ったかなり大きめの真っ赤なパーカの裾《すそ》から、紺色のミニプリーツスカートがちょっとだけ覗《のぞ》いている。パンプスじゃなくて、伸びやかな素足には靴下に編み上げのショートブーツを履《は》いている。

リュックもいつも使っているカラフルな塩化ビニール製じゃなく、帆布でできた紺色のものだった。

頭の上にはふだんの真葉じゃ考えられない、なんとキャップ。

「真葉、どうしたんだ、これ？」

「えへ。全部買っちゃった！」

「買った？」

「うん。どう、どう？　似合う？　わたしも実はこういうのが好きなんだよね、ホントは一番さ！　スポーツカジュアルミックス！」

そう言って真葉は俺によく見えるように両手を大きく広げた。

「いいのか、親……」

毛色の違う俺たちとつき合い始めたことを真葉の親が嘆《なげ》いていると、大谷《おおたに》さんにこの間病院の前で出くわした時に聞かされたばかりだ。

「いいのいいの。もう今日は大丈夫なのー。ママたちは朝早くに家出るから、わたしのこんなかっこ見てないもん」

「そうなんだ」

「それよりさ、ねえ、どーお？　こういうほうが咲原《さきはら》くんも好きかと思ったんだけど！

せっかく誘ってくれたからさ」

「似合うよ」

なんだか似合いすぎて……正視ができないくらいに可愛かった。年齢より幼く感じる真葉だけど、こういう格好をすると充分まだ高校生で通りそうだった。

「行こうか？　腹減っただろ？」

「うん。っていうかー」

「なんだよ？」

「似合う、だけか。他に奮発してもう一声ないのかなーと思ってさ！　女子が一番喜ぶ言葉をさ！」

真葉は俺から茶目っ気たっぷりの顔をそらせて、拗《す》ねたように頬を膨《ふく》らませる。

「まったく……」

可愛いと思いすぎていると、逆にその単語は重たすぎて、喉《のど》の奥から出てこないものなんだよ。だいたい俺を振っておいてその言葉を要求するのはずるくないか。

なんだか真葉の本当に彼女らしい服装に俺はどう対処したらいいのかわからず、照れ隠しのように比較的人の少ない北門から、嵐のような激込み人だかりに突っ込んでいった。

「待ってよー」

真葉が小走りで俺を追ってくる気配がする。こんな些細《ささい》なことがただただ幸せだった。この時間が終わらなければいいのに、と願った。

二日にわたる大学祭の最終日の今日、多くのサークルが撤収してから打ち上げに出る。俺たちエッジもその予定で、高田馬場《たかだのばば》に店を予約していた。真葉と半日大学を回ったら、仲間と一緒に打ち上げに参加する予定だ。

隙間《すきま》なく並ぶ食べ物の屋台から、二人で分けやすいものを少しずつチョイスして食べる。

「美味《おい》しいねー！　あっ！　あっちの屋台ってなんだろう？　なんか変わったもの売ってない？　あっちも行ってみる？」

うちの大学は留学生も多く、その国の食べ物を大学祭で販売している。真葉が示しているのは東南アジア系の留学生グループの屋台のようだった。

「いいけどまだ途中だろ？」

「いっぱい回りたいから早く早く！」

目を輝かせて、俺の服の肘《ひじ》あたりを引く真葉のテンションがいつになく高い。

俺が引っぱりまわされる形で、身動きがとれないほどの人混みの中を泳ぐように二人で移動する。

講堂前広場に設置された舞台では、ひっきりなしにダンスやチアの発表をやっていて、その前がおそらく人口密度が一番高い。

ひとしきり盛り上がると、真葉は人がそれほどいない北門や東門付近にも足を運んだ。

真葉と途切れることなくしゃべり、笑い合いながらキャンパス内を移動するのが、とにかく楽しかった。真葉は俺の口にするたいしたことのない冗談にも腹を抱える勢いで笑い、にじんだ涙を人差し指で拭《ぬぐ》う。

俺といるのが嬉しそうで楽しそうで、ほとばしる想いを隠そうともしていないように感じてしまう。

周りの熱気と相まって、そういう真葉を見ている俺まで幸せで叫びだしそうだった。

俺は真葉が、どうにもならないほど好きだ。

きっと真葉も、きっときっと、同じ気持ちだ。

真葉と同じ時を過ごしている、その幸福感と同時に、なにかに取りつかれたように大学内をくまなく歩こうとする彼女に、いわく言い難い不安を感じてもいた。

陽が傾き始め、あたりがオレンジ色に染まる。

食べ物の屋台はたたき売りを始め、パフォーマンスを披露《ひろう》した集団は荷物を片づけだし、熱狂の二日間が終息に向かう。時間はまちまちだけど、多くのサークルが撤収してからそれぞれの打ち上げ会場へと散っていく。

俺と真葉も高田馬場の居酒屋へ足を向けた。

集合時間ちょっと前に現地に到着した時には、すでに何人かが来ていた。

会計をしてくれている優子《ゆうこ》とその友だちに前払いの会費を払い、エッジに割り当てられた座敷に上がる。

エキストラ含めおおかたのメンバーが揃ったところで、一応監督の俺が音頭を取って、今回の映画上映の打ち上げがスタートする。祭りの興奮が冷めやらず、誰もが大きな声で話し、酒を飲むペースも速い。

二時間もたったころには、あちこちで脱落してだらしなく座敷に寝そべる学生が多く出現した。

俺はあぐらをかいて遼平《りょうへい》たちと車座になって話し込んでいた。監督の指示一辺倒ではないエッジの撮影現場では、意見のぶつかり合いも頻繁《ひんぱん》だったけど、終わってしまえばそういう時間こそが最も愛《いと》おしい。

「咲原くん」

通路より一段高く、靴を脱いで上がるシステムの畳敷き一間、その一番外側にいた俺に、すでにショートブーツを履いた真葉が腰をかがめて耳打ちする姿勢をとっていた。

「なに？」

それなりに飲んでいるのに、なぜか俺はまったく酔えない。

「わたし帰るね。お礼言っとこうと思って。今までありがと。貴重な体験だったよ。きっと咲原くんはまだまだいい映画が撮れる」

なんだそれ？　別れの言葉みたいに聞こえて癇《かん》に障《さわ》った。

「送ってやれよ貴希《たかき》」

「今日はいいの」

遼平の申し出を真葉は即座に断る。そのみじんも逡巡《しゅんじゅん》のない口調が、昼間二人でいた時間の楽しさをすべて否定されたような気がして、俺のいらだちはさらに増した。

「送るわ」

「いいの。ほんとにいいの。今日は大丈夫だから」

拒絶されればされるほど荒くれた気持ちがむくむくと育つ。酔えないと思っていたけど、それなりに酒が入っているのかもしれない。

「今日はこのへん、酔っ払いばっかでさすがに危ない」

真葉の制止にかまわず、俺は通路に出るために素早くスニーカーを履いた。

「行くぞ。門限があるんだろ？」

「…………」

先に立って歩き始めてから後ろを確認すると、真葉が泣き笑いのような複雑な表情でついてきていた。

ＪＲの高田馬場駅に向かおうとしたところで、一メートルくらい後ろから、真葉が蚊の鳴くような声で呟《つぶや》いた。

「ねえ」

「なに？」

「お願いしても、いいかな？」

「え？」

「雑司ヶ谷《ぞうしがや》をさ、一度案内してもらった時に、更地《さらち》があったじゃない？　覚えてる？」

「あー……」

「家二軒分くらいの広さに下草が生えてて、その先のフェンスの向こう側には住宅街と、遠くには新宿までが一望できる高台の」

「わかるよ」

真葉が、ここが一番好きだ、と言った場所だ。

「ちょっとでいいから一緒に行ってくれないかな」

「真葉の時間が大丈夫なら、それはもちろんぜんぜんかまわないよ」

「ありがとう」

真葉がいつもの腕時計に視線を落としながらそう返した。

さっきはあれだけきっぱり俺が送ることを断ったのに、今の〝一緒に行ってくれないかな〟には迷いと後悔が、これでもかと詰め込まれているようだった。でもそれをわずかにしのぐ強い願望がある。今日の真葉はおかしい。


今日の真葉は確かにとりわけおかしいけれど、いつも彼女はこんなふうにどこか感情の糸が不安定に見える。

優子やかすみと笑える動画サイトを覗《のぞ》き込み、こづき合っている時も。

男どもの行き過ぎたエロ話にドン引きし、女子連中とふざけて逃げまどう時も。

上目遣《づか》いで唇を尖《とが》らせて抗議するポーズも。

テーブルを叩く勢いで笑いころげる姿も。

振り向いて手を振るしぐさも。

なぜかすべてが儚《はかな》くて、薄暗い校舎から光射すキャンパスに出た瞬間、銀色のハレーションにいとも簡単に溶けてなくなりそうだった。

大勢の中にいても彼女はどこかが異質。

例えば大学内の学生全部がリトマス試験紙で、そこに勢いよく水をぶっかけたら、みんながみんなきれいに青く変わるのに、真葉ひとりに何の変化も起こらないような、そんなかけ離れた存在。

俺はどうしてこんなことを感じるんだろう。

真葉は一年の時から性格が超ド級に悪い同級生として、認識だけはしていた女子だ。

俺と大喧嘩をして間もなく高熱を出し、その後キャンパスに出てきたら別人のようにこれまでの態度を改めていた。今ではまるで、それが元からの性格であるかのように、周りの仲間に自然に受け入れられている。不思議な子だ。

真葉を好きになったりしなければ、あるいは俺もこんなことを感じることはなかったに違いない。ほかのみんなと同じように、そういう不思議ちゃんも世の中にはいるよな、くらいの感想を一時《いっとき》いだいて、そのまま流していたのかもしれない。

でも俺は、真葉に対して強い気持ちを持ってしまった。この気持ちからはもう逃げられない。

どんな真葉でも真葉は真葉。この先どういう事実を知っても真葉は真葉。

ここまで好きになったんだからそれ以外の道はないのに、元の性格に戻って今の真葉じゃなくなる恐怖が、胸の底のほうにこびりついて、得体《えたい》の知れない不安を増長させているんだろうか。

それとも、好きになりすぎてそれでも手が届かない女子というものは、概《がい》してそんなふうに感じるものなんだろうか。

他の子とは違う、と。強くそう思い込んでしまう。


数歩遅れてついてくる真葉を振り返る。

昼間は暖かかったけど、陽が落ちたらぐっと気温も下がった。冷えてきた外気に肩を縮めて口元で手をこすり合わせていた真葉は、俺と目が合うと控えめで固い笑顔を見せた。

真葉がいる。俺の好きになった女の子が、こうしてすぐ近くで微笑んでいる。

そろそろ街はクリスマスの点灯を開始し、サファイヤを思わせる濃い青色イルミネーションの光が、そこここで初冬の空気ににじみだしていた。

なぜだか泣きだしたいほど優しくて、羽毛のようにやわらかな夜だった。

# 14

高田馬場《たかだのばば》から、渋谷《しぶや》に向かう山手線《やまのて》ではなく東西線《とうざい》に乗り込んだあたりから、たぶん真葉《まは》は気持ちを切り替えた。

昼間と同じとまではいかないけど、会話を楽しもうとしているのがわかる。

東西線を一駅で降りる。

乗り継ぎの悪い都電荒川線《あらかわ》の始発駅まで、二人で寄り道ばかりをしながらふらふらと歩く。小柄な真葉のペースに合わせているつもりだけれど、実はこの時間を知らず知らずのうちに引き伸ばしているのかもしれない。

三十分以上歩いている気がする。ようやく都電荒川線に乗り込んで雑司ヶ谷《ぞうしがや》に向かう。

雑司ヶ谷の駅に着くと、多少欠けた月が雲にさえぎられずにきれいに見えていた。

「月だ」

真葉が空を仰いだ。

俺も空を仰ぎながら棒読みで言ってみる。

「月がきれいですね」

「うん」

「スルーかよ。お前の好きな漱石《そうせき》の名言だろ？」

真葉と以前話したことのある〝月がきれいですね〟に秘められた意味を、今度は意識して口にする。もう長期戦だって辞《じ》さない覚悟だから。気持ちが固まってしまっているから。

「あの日……咲原《さきはら》くんがうちに携帯忘れて取りに来た時に二人で見た満月さ、ちょっと赤っぽかったでしょ？　覚えてるかなー？」

「そうだっけ？」

「うん。夏至《げし》の日の満月は赤く見えることがあるの。ストロベリームーンって言うんだよ」

「へえ」

「二人で見ると、その二人ともが、幸せになるんだってさ」

「……なんか奥歯にモノの挟まったような表現だな。二人が一緒に幸せになるんだろ？

〝その二人ともが〟じゃ、まるで別々に幸せになるように聞こえるよ」

「そうだね」

こんなに思わせぶりなことをされているのに、不思議と怒りがわかない。

月を見上げたままの横顔。白すぎる喉《のど》のかすかな隆起《りゅうき》。一ミリ開かれたどこか幸せそうな唇の形。

網膜に焼きつけろと第六感が指令を出す。たまゆらで、このまま霧状《きりじょう》になってかき消えてしまいそうだった。

霊園の出口付近で真葉がためらいがちに、慎重に口を開く。

「あのさ、帰りなんだけど、親が迎えに来るのね。だからあの、送ってくれなくても大丈夫だよ」

「そうか。どこまで？　もう暗いからそこまでは行くよ」

「ありがとう。さっき連絡したから、雑司ヶ谷の駅までは、来てくれる。だからそのちょっと手前っていうか……」

「そこまで親が来るのか？」

「うん。あのー、いろいろあって、そういうことに」

「そんなに俺たちとつき合うことを反対されてんのか？」

そんなこと言ったら俺と個人的に交際なんて、いっさい認めないってわけか。まあそうなんだろうな。

「うん。でもこれも仕方がないことなんだよ。わかってるし、納得も、してるつもり」

雑司ヶ谷霊園から出て住宅街の中を歩きながら、真葉がぽつぽつと寂しそうに語る。

その服装は親へのささやかな抵抗か、それともなにか別の意思表示かと思っていた。前途は多難ってことか。

「もうちょっと打開策はないのか?」

廃校になった小学校の前を通過して坂を下る。ブロック塀と民家の白い壁の間の路地から、真葉の好きなあの更地《さらち》が真正面に見えてくる。坂を下り切ると目の前が一気に開け、更地と、その向こう側の新宿を望む街並みが視界いっぱいに広がる。

今は夜景だ。家々やマンションに灯《とも》る温かい光の海だった。

更地の前に、道路との境を隔《へだ》てる低い縁石があった。二人で並んでそこに座る。更地のほうを向くと雑草を踏む感触が足裏に伝わる。

「実はね、最初からそのつもりだったんだけど……そういうわけでわたし、エッジは今日で、おしまいにするね」

「は?」

「ごめん。ごめんね。自分の書いた脚本だけやってもらうなんて、みんなにも、咲原くんにも、どんなに頭を下げても足りないくらい申し訳ないと思ってる。それはわかってるの」

「別にそんなことはいいんだよ。けどそれじゃ」

「学校では、一応、会える、でしょ？」

「……真葉」

「え？」

長い帯状の雲が、瓦屋根《かわらやね》の上をゆっくりと通過していく間、俺は口を閉ざしていた。胸の奥で不穏な感情の塊《かたまり》がくすぶっている。

肺につかえた黒い空気を吐き出すように深呼吸をひとつして、真葉のほうを向く。その双眸《そうぼう》を、しっかりと捉《とら》える。

「お前、誰だ？」

瞬間、真葉の身体が硬直した。硬直したまま瞳だけがひきつったように開いていく。

大谷《おおたに》さんに、真葉の小中学校時代の話を聞いた時から、煙が、ゆっくりゆっくりと、でも確実に一カ所に引き寄せられるようにしてあやふやな形を作り始めた。胸に芽生えたばかばかし過ぎる推論は、あくまでばかばかし過ぎる推論でしかなかった。

でもそれがやがては半信半疑へ、そして今、こうして真葉と夜道を歩くうちに確信へと変わってしまった。

今日の真葉、特に居酒屋を出てからの彼女は、いつもよりずっとずっと刹那《せつな》的に感じるのだ。

「お前が入院してる時に、たまたま大谷さんに病院で会って聞いたんだよ。お前、小中とも学校休んだりするほど身体の弱いやつじゃなかったんだってな」

「………」

俺は真葉から視線を逸《そ》らし、正面を向いた。

「他のやつらはもうすっかり今の真葉の性格になじんでて、疑問にも思ってないみたいだけど、やっぱり、どう考えてもおかしい」

「………」

更地の中で、秋の虫の鳴き声がやるせなく響く。

「俺は別にお前が誰だってかまわない。身体が弱いとか、漱石が好きだとか、仲たがいした兄貴に対する俺の感情だとか……俺にした話は全部ほんとのことだろ？　お前のその性格自体に嘘はひとつもなかったんだろ？　だったらお前が誰かなんてどうだっていいんだ。村瀬《むらせ》真葉なのかどうかもわからないけど、もうこの気持ちは揺らがないんだよ」

「ちが――」

「違わない。俺はお前が好きだ」

そこで聞いたことのないアラームのようなメロディが小さく響いた。

「えっ……今……何時――」

真葉はとっさに腕時計を確認し、かすかに首をかしげるとパーカのポケットから防犯ブザーみたいな形のものを取り出した。音の発信源はこれらしかった。

真葉は腕時計と音の発信源の装置、両方を見比べると悲鳴をあげた。

「嘘っ！　時計が遅れてる？」

「時計？　腕時計か？」

俺は真葉がしている腕時計に視線を走らせた。二時間近く遅れている。

「そんな……。まだ時間があると思ってた。咲原くん、帰って。すぐ帰って！」

「は？」

そこで真葉は俺の顔を凝視《ぎょうし》し、唇をわななかせた。やっと発した声は見事なまでに震え、裏返っていた。

「だめだわたし。咲原くんを巻き込むなんて……」

「なんのことだよ？　ていうかそれは何？」

俺はまだ警告音を発し続ける小さな機械を、真葉の手から奪い取ろうとした。真葉が俺を押しとどめ、手の中の機械を片手で操作してその音を止めた。

「今すぐわたしを置いてここを去ることは、頼んでも無理だよね？」

「え？　何言ってんだよ。こんな夜中に真葉一人残して帰るなんて、そんなことできるわけないだろ？　駅までかなり距離があるし、途中、霊園だぞ？」

そこで真葉のほうに目を向けると、さっきの蒼白になるほどの取り乱しようからは、少しは落ち着いたように見える。

落ち着いた、というか、なんだろう？　覚悟を決めかけているような――？

うつむく横顔からはこわばりが取れ、ひき結んだ口元には表現しがたい種類の笑みが浮かび始めている。安堵《あんど》したような。諦《あきら》めたような。心底喜んでいるような。

「真葉」

名前を呼ぶと俺の方にゆっくり首をめぐらせた。ゆるやかな流線型を描く真葉の瞳が俺を捉える。

「わたし、ひどい人間だよね。こうなったこと……咲原くんが、わたしを以前の真葉とは別人だと見抜いたことを喜んでる」

「やっぱり」

そうなのか。確信はあった。確かにあった、んだと思う。

だけどその一方であまりにも現実離れしていて、こんなことを考える自分は頭がおかしくなったんじゃないかと、疑ってもいた。

自分でも正直、もう何がなんだかわからない。

だって今目の前にいる真葉は、一年の頃から語学のクラスが一緒だったあの悪名高い村瀬真葉と、外見も声も寸分たがわぬ存在だったから。

「時間がないんだ。予定では何も言わないで出ていくはずだったの」

「ええっ？」

俺は眉根をよせ、真葉が言った〝出ていく〟の意味を、自分の中で嚙み砕いて考えようと奮闘した。

「こうなった今でも、強引にごまかしたほうが咲原くんのためにはいいってわかってる。でもわたし、どうしようもないほど自分勝手な人間みたいでさ。わたしという人間が咲原くんの前に存在していたこと、好きになってくれたこと、覚えててほしかった。忘れないでくれるなら、こんな幸せなことはないって……」

「ちょっと待て。行くってどこに？」

「性格が一時的に変わってもとに戻って、咲原くんの気持ちも一時的な気の迷いで片づけられるのは、身を切られる思いだった。咲原くん、この世界の村瀬真葉さんのこと、好きじゃないみたいだし」

「まったく意味がわかんねえ。ちゃんとわかるように説明して。村瀬真葉さんって。やっぱりお前は村瀬真葉じゃないのか」

そこで真葉は俺から視線を逸らし、ゆるく首を振った。

「ううん。わたしの名前も村瀬真葉。わたしも村瀬真葉だよ」

「どういう……」

「前にさ。持病があるって話したことがあるでしょ？　わたし、病気で外に出られないんだよ」

「え？」

出てるよな。映画でだってさんざん走りまわった。

「でもここでなら、この世界でなら、わたしは他の人と同じように呼吸して、他の十九の女の子と同じように外で学生生活を送れるの」

どういうこと？　療養？　いや治療のためにここに来た？

そうだ！　そこで俺は、あきれるほど簡単なからくりにいきついた。

「真葉、双子なのか？　病気を治す目的で入れ替わってる？　こっちのほうにお前の症状に適した病院があるんだな？」

それで説明がつくだろう。きっと親の離婚とか再婚とかそういう問題で、真葉は今まで別の場所に住んでいた。それが東京にいい病院があるから……。

……でも、なぜ入れ替わる必要があるんだ？　どうして双子に同じ名前をつける？　ここでなら外に出られる、ってどういう意味だ？　同じ地球上で建物から出られるとか出られないとか、それほどの差が発生してしまう病気っていったいなんだ？

「双子、か。そんなようなものなのかもね。でもそうじゃないんだ。この世界では、まだ一部の研究者の間でだけの推論らしいから」

「なにが？　はっきり説明してくれよ」

「信じられないことかもしれない。っていうか、きっとこれは夢だよ。この半年間が全部夢。夢の中で咲原くんは村瀬真葉を好きになった。村瀬真葉も、咲原貴希《たかき》を好きになったの」

「えっ？」

真葉の言っていることは支離滅裂《しりめつれつ》だ。おそらく自分でも、何から話せばいいのか整理がついていない。

でも今、真葉は間違いなく、これ以上ないほどに重大な話をしている。それはわかる。なのに、その核心に触れそうな部分も何もかもが吹っ飛んで、真葉の放ったたった一言だけしか俺の耳には残らなかった。

〝村瀬真葉も、咲原貴希を好きになったの〟

「夢の中のことだけど、覚えてて。頭の中のほんの片隅でいいから、わたしを置いて」

「真葉。好きになったって、俺を好きになったって、確かに今そう言ったよな?」

「好きになった、じゃなくて、好きだったんだよ最初から」

あきらめたようにそう呟《つぶや》くと、真葉は抱えた膝頭《ひざがしら》に自分の顔を埋めた。

棍棒で殴《なぐ》られたような衝撃が、脊髄《せきずい》を這い上がっていく。

最初から好きだった――。最初――。

今目の前にいる真葉との最初の接触を、記憶をさかのぼって探す。

最初のまともな接触なんて最悪だぞ。俺にDVDを持ってきた優子《ゆうこ》をかばったことで大喧嘩になった。

それから高熱を出してしばらく真葉は学校を休んだ。

会話らしい会話を交わしたのはその後のことだ。語学クラスが終わった後の廊下で、エッジに入ることになったからよろしく、と雄吾《ゆうご》と一緒にラウンジに向かおうとしていた俺に真葉は話しかけてきた。

確信はないけど、今目の前にいる真葉と初めてしゃべったのは、あの時じゃないのか。

今までの村瀬真葉では考えられない行動に、俺は軽くパニックを起こした。

あの時点ですでに俺を好きだったとすれば、それ以前にどこかで出会っていたということか?

「俺を知ってた？　どこかで会ってたのか？」

　真葉は身体を起こし、眼下に広がる雑司ヶ谷の光を見据えながら、焦燥《しょうそう》感にかられたような早口で話し始めた。

「一から説明したいんだけど時間がないの。とても信じられる話じゃないと思うけど、夢なんだから当たり前だよ」

　時間がないと真葉が口にするたびに、いい知れぬ不安がどんどん鎌首《かまくび》をもたげてくる。行くなと詰め寄れば、ことの真相を聞いて対処する時間までが奪われそうで、俺は黙ってうなずいた。

「わたしが書いた脚本、あの中の椿《つばき》A、モデルはわたしなんだよ」

「は？」

「わたしの病気はね、時空順応不全症候群。小さい頃から学校は休みがちだったけど、喘《ぜん》息《そく》みたいなもので、長くて数日でおさまる。でも高校に入った年、本格的に時空順応不全症候群を発症したの」

「時空……なんだって？」

　そんな病気は聞いたことがない。

「時空順応不全症候群。無数に存在するパラレルワールドの中で、まれに自分に合っていない世界に間違えて生まれちゃう人がいるの。この世界にもいると思うけど、なんの検査をしても異常はないのに、苦しかったり痛かったり、めまいがひどかったり。症状は様々なんだけど」

「………」

「わたしの症状は高山病みたいなものだった。気圧をわたしの身体に合わせてもらえれば苦しくもなんともなくて、普通にしていられた。外には出られないけど、家の一部の気圧をわたしの身体に合わせてもらってたから、家の中だけは比較的自由に歩き回ることができたの」

「…………」

今俺の目の前にいるのは、パラレルワールドの、別の世界の村瀬真葉。こんな話をどうやって信じろというのだ。

「わたしの世界では、時空順応不全症候群の研究が、たぶん他の世界よりも極端に進んで、法律も整備され始めた。この病《やまい》を発症した人は、一生のうちに一度だけ、半年間、自分の体に合う世界に行ってもいいことになってるの」

「パラレルワールドって……。まさか」

そんなものは小説や漫画の中だけの世界だ。

「交代分身に恋人や配偶者がいないことが条件のひとつだから、若い患者が対象になることが多いの。だからわたしもここに来られた」

「……交代分身？」

「同じ世界に同じ人間が二人、は今の技術力では一時間が限界で、基本的にはその世界の自分に交代してもらうことになる」

「つまり、一年の頃から知る性格の悪い村瀬真葉と、交代してる、と？」

「そう。もちろんこの世界の真葉さんに了解もとらず、強制でね」

　この受け入れがたい話の内容に俺はただ戸惑《とまど》うばかりで、対処法を考えるなんて余裕はまるでなかった。

「…………」

「ありがとう」

「え？」

「わたしをエッジに迎えてくれて。わたしに素晴らしい十九の思い出をくれて。自分の世界で百年生きるよりも価値のある半年だったよ」

　俺の内側まで覗《のぞ》き込もうとする熱いそのまなざしに、今は隠そうともしない恋心がこぼれている。

「真葉待てよ。何か方法が――」

立ち上がろうとする真葉の腕に、思わず手をかけた。瞬間、涙腺《るいせん》が壊れたかのように真葉の瞳に涙があふれ、頬を伝ってしたたり落ちた。

「もう行かなきゃ」

「ま、待てって――」

「今日でちょうど半年なの」

涙を手の甲でごしごしこすりながら真葉は立ち上がった。

行ってしまう。俺が好きになった女の子が。俺が本気で愛した女の子が。

「真葉待って。頼むから。頼むから行くな……」

つられるように、俺もよろけながら立ち上がる。足がもつれる。脳も身体もこの特異な事態にまるでついていけていないのだ。

ただ真葉を行かせてはいけない。今真葉を行かせたら取り返しがつかない。そう警告する本能に従うだけだ。

「今度生まれてくる時は、……間違え、ない、から……だからその時は」

しゃくりあげ、まともに言葉も出ない真葉は、どうにかそこまで言うと、こぼれる涙を左右のパーカの袖口《そでぐち》で交互に拭《ぬぐ》った。

「待てって」

走りだそうとしていた真葉が足を止める。離すもんかと、俺は真葉の手首をパーカの上からぎゅっと摑《つか》む。

「迎えが来ちゃったよ。わたしが行くのが遅いから」

この更地に出る坂の曲がり角から、銀色の宇宙服に身を包んだ数人の集団が姿を現した。

「え？　なんであのコスプレサークルのやつらが？」

「違うの。たまに、構内で見かけたあの人たちは、わたしの様子を見に来てくれてる、研究者の、先生たち」

「え？」

「もう行くね」

真葉は、俺の顔をまばたきもせず、食い入るように見つめた。

「真葉」

「やだなー。ちゃんと、今の咲原くんの顔、覚えておきたいのに、ぼやけちゃってちっとも……ちっとも見えない」

あとからあとからその頰に涙が伝う。真葉は俺が摑む手を離してくれ、と軽くゆする。

「いやだ。行かせない。絶対にいやだ」

真葉の手首を摑むてのひらに、持てる力のすべてを注いだ。

不思議だ。俺の声までが震えている。目にする真葉の小さな手がかすんでいく。真葉に伸ばす俺の薄い上着の腕の部分が、しずくで濡れて色を変えていく。

「戻らないと。わたしがここで、ルールを破ったら、あとに控える同じ病《やまい》の人が、自分に合った世界に行ける権利にまで、影響を与えちゃう」

「いやだ……」

真葉を摑む俺の手がぴくりと反応する。

「お願い。交代しないと。こっちの世界の真葉さんは、今、気圧を管理された部屋で、ほぼ寝たきり、なんだよ……」

「え」

「ここはあの人の世界。間違えたのはわたし。マッサージや無理やりの歩行でどうにか筋力の衰《おとろ》えを最小限にとどめてるけど。半年が限界なんだよ」

あんなやつのことなんか知るもんか、と思うのに、真葉の手首を摑む俺のてのひらの力が少しだけ抜けた。

「これ以上あの人を、身体に合わない世界に置けば、必ず支障をきたすよ。最悪、死んじゃうかもしれない。お願い。お願い咲原くん」

しゃくりあげながら俺を見上げ懇願《こんがん》する真葉。

——死んじゃうかもしれない
かまうもんか。真葉——

力の抜けたてのひらから、いとも簡単に真葉は自分の手首を引き抜いた。

そのまま銀色の宇宙服を着た数人のもとに、二、三歩駆けだし、それから俺を振り向いた。

一瞬、視線が強くからまり、動いたのは二人同時だった。

腕の中にすっぽり収まるほど小柄な真葉。この小さな身体で、今までどれだけの辛《つら》さや悲しみや絶望感に耐えてきたんだ。

真葉が俺の背中に手をまわし、ぎゅっと力を入れて上着を握りしめる。

「咲原くんす……」

咲原くん好きだ、と心臓の上で真葉が呟いたような気がした。

夢中で抱きしめる俺の一番大切な人。絶対に手放したくない存在。

それなのに、混濁《こんだく》を極める頭の一部が残酷なほど冴えていて、俺はもう悟っていた。次の一瞬はないのだと。

真葉がみじろぎをし、俺は彼女を離す。

坂の入り口めがけて駆けてゆく愛《いと》おしい背中。ぼやけてろくに見えなかった。

どうして――。どうして真葉だけが――。

膝に衝撃を感じ、自分がくずおれたのだと知った。真葉の姿を網膜に焼きつけなければ、と思うのに、アスファルトについた自分の両手しか見えない。

真葉！　声にならない叫びをあげ、岩のように重い頭を気力で持ち上げてやっと真葉の姿を捉えた時、彼女は角を曲がって姿を消した。


泣き崩れる俺の両側に奇妙ななりの銀色の影がしゃがんだ。

両肩を左右から二人に押さえつけられ、右腕の上着がシャツと一緒にめくり上げられたところで、俺は形ばかりの抵抗をしたかもしれない。

もうどうでもいいと思っている。真葉がいないこの世界で、俺の身に何かが起きても別段騒ぎ立てるほどのことじゃない。

身動きが取れない俺に、正面からまた一人銀色の宇宙服を着た人間が近づき、右腕に注射針を刺されたような気がする。

ただでさえ朦朧《もうろう》としているのに、さらに意識が薄らいでいった。

# 15

目覚めた時、俺は雑司《ぞうし》ヶ谷《がや》の自分のアパートの布団の上にいた。

この状況なら夢だと思うのが妥当《だとう》だろう。だってこの平和な住宅街で、銀色の宇宙服を着た人間に、中身のわからない注射を打たれるなんて非日常が起こるわけがない。

全部が夢なら、真葉《まは》があの宇宙野郎に連れていかれた出来事は存在しないということだ。

「うっ……」

右手を動かすと鈍《にぶ》い痛みが走った。

寝たままそろそろと自分の右腕を見ると、あの日真葉と雑司ヶ谷の更地《さらち》に並んで座っていた時と、同じシャツを着ているのが目に入った。

そのシャツをおそるおそるめくってみる。悲鳴さえ凍りつき、俺はただ目を見開くばかりだった。

そこには、注射を打たれた後に使う、おなじみの四角い小さなガーゼが貼りつけられていたのだ。

「真葉！」

筋肉の痛みも忘れて飛び起きた。

昨日……かどうかはわからないけど、真葉が連れていかれた日に持っていたリュックの中から、携帯を漁《あさ》って取り出す。あってよかった。

ライン画面の真葉のアイコンをタップすると、いままでの会話がちゃんと現れた。

「はぁー」

俺はひとまず安心する。全部が幻で、真葉との交流がなかったことになっているわけではなさそうだ。

開いたままのライン画面から、俺は真葉にそのまま電話をかけた。

これで出てくれればもう、あれはただの酒が見せた悪い夢――。コスプレサークルのやつらの度を過ぎた祭りの一環――。

「はい」

応答があった。

「真葉？」

「はい。咲原《さきはら》、くん？」

　真葉の、声だ。いままでと変わらない確かに真葉の声だった。でも固く、打ち解けない声音。戸惑《とまど》いと警戒を存分に含んだ間の取り方。

「真葉、なの？　村瀬《むらせ》真葉、さん？」

「そうですけど、え、あのう、咲原くん、わたし――」

「ごめん。間違えてかけた」

　相手の返事も聞かずに俺は通話を切った。携帯を持った手が力なく膝《ひざ》の上に落ちる。

「真葉じゃない……」

　真葉じゃないのだ。俺の知っている真葉じゃ。

　声は同じでも話し方もトーンも違う。

　長ったらしい名前のアイスクリームが好きで、夏目漱石《なつめそうせき》が好きで、キャンパス内ですぐ迷子になり、法学部のくせに法律全般にものすごく疎《うと》い。

　英語ができて、なぜか熱中症の手当てが妙に的確で、涙もろく、無邪気な顔で笑い、本当は海外ブランドの高い服よりもスポーツカジュアルミックスが好き。

　俺が壊れかけた携帯を大事にする理由に気づき、約束のない人を待つということは愛《いと》おしいからだ、と諭《さと》した。

　真葉はいったい……。俺の好きなあの真葉は、いったいどこへ連れていかれてしまったんだ？　どうして一緒にいたのに俺はそれを阻止できなかった？

そこまで考えて、あの更地で真葉が去っていった時の状況が、徐々に脳裏によみがえってきた。

パラレルワールド。真葉の、時空ナントカ症候群という病気。一年の頃から一緒の性格最悪な村瀬真葉と交代して、この世界にやってきたという信じがたい話。

「嘘だ」

どれをどう信じればいいのかわからず、混乱を極めた脳髄《のうずい》はずきずきと痛んだ。

ただ真葉の携帯に、彼女が出ない。呼び出し音が鳴り続けるだけのほうが、どれだけましだったかわからない。

あの時の真葉の説明どおり、電話には高熱を出す前の村瀬真葉が出る。

何かの間違いだと誰か言ってくれ。

そうだ、きっとすべてが悪い夢なんだ。もう一度目覚めてもう一度真葉に電話をかければ、必ず今度は俺の知る、俺の好きな真葉が出る。

すっかり陽が昇り、光が大量に降り注ぐ布団に俺は頭からもう一度もぐりこんだ。目を硬く閉じれば閉じるほど、頭の芯が冴えていく矛盾《むじゅん》が悲しかった。

小一時間もがんばって眠ろうと努力した末、俺は力なく起き上がった。

もう一度携帯を手にする。

どういう時間の流れなのか、携帯の日付から俺はまる一日以上寝ていたらしいと知った。

すでに一度電話をして真葉が俺の知っている真葉じゃないと確信してしまったら、もう携帯を操作する気力がなくなった。

「真葉、ま、は……」

やっとひとつの単語を覚えた赤ん坊のように、俺はそれだけを口にする。

それでも大学に行けば、エッジがたまり場にしているラウンジに行けば、真葉はまたトントンとあの階段を下りて透明のガラス扉を押して入ってくるかもしれない。

今度は海外ブランドじゃなくスポーツカジュアルに身を包んで、村瀬真葉とは別の人間として現れるかもしれない。

実現しそうもない望みでも思い描いていないとおかしくなりそうだった。更地での記憶が確かなら、あれほど大量に涙を流したのはいつ以来だろう。

そのせいか頭は割れそうに痛み、さっきから断続的な吐き気まで起こっている。

「あれは……」

虚《うつ》ろにさまよわせた視線の先、玄関扉の内側に、何かが落ちていた。

椅子につかまりながらよろよろと立ち上がり、どうにか玄関まで歩く。

そこに新聞受けから投げ入れられたと思《おぼ》しき手紙を発見した。

俺はその手紙を、ひったくるようにして拾った。間違いなく俺の知る真葉の字だった。

水色に金の星がちりばめられたその封筒の宛名に住所はなく、ただ〝咲原くんへ〟、とだけあった。裏返すと村瀬真葉、と確かに書いてある。

小刻みに震え、感覚のおかしい指先で封筒から便箋《びんせん》を取り出す。そこには粒がそろったような真葉の字が並んでいた。

咲原くんへ

ごめんなさい。

時間がなくてほとんど説明もなく自分の世界に帰ってしまったから、相当に混乱しているんじゃないかと心配です。

何から説明すればいいのか難しいけど、そう、わたしは椿《つばき》Aなんです。

咲原くんにあの脚本を最初に読んでもらった時、いろいろ矛盾点を指摘されたよね？　でもそういうことなの。

あの話は、実際の世界を下敷きに書いたものなんだよ。鏡を小道具に使ってみたけどそうするとやっぱり矛盾しちゃうね。

でも咲原くん言ったじゃない？　パラレルワールドを巨大な輪としてとらえるならアリかな、って。まさにその通りなの。隣、そのまた隣、と目に見えないくらいささやかに世界は変化していっています。

輪と言っても正円ではなく、波立つ湖面に浮かべたあやとり紐《ひも》みたいに、ぐにゃぐにゃと不規則にうねっているらしいけど。

だからあの脚本とは違い、急激なカーブを描く箇所にあるいくつかの世界では隣はそれなりに違う世界、ってこともあるみたいです。

ともあれこの世界はパラレルワールドのひとつで、それは全体として巨大な輪になっている、それがわたしの住む世界で現段階での通説です。

時空順応不全症候群を発症しているわたしは、半年、ここで暮らすことを機関から許可されました。

隣や近い世界は自分のところと大気がほぼ同じだから無理で、小さなうねりの対極にあるいくつかの世界でだけ、わたしは普通の大学生として、外の空気を思い切り吸い、飛び回ることができます。

こっちの世界の真葉さんは身体に合わない世界に送り込まれ、催眠状態で半年を過ごしたはずです。真葉さんにはとても大変な思いをさせてしまいました。

わたしの記憶の大半が脳に移行され、彼女は半年間エッジのメンバーだったということになっています。人に対する感情は移行されません。

対極にいる人だから性格もほぼ逆らしいけど、一緒に暮らした家族もわたしの家族と容姿は同じなのにかなり違って戸惑《とまど》いました。

わたしね、通信制大学で医学部の学生として学んでるんだよ？　すごいでしょ？

実技がないから医者にはなれないけど、時空順応不全症候群の研究に尽力《じんりょく》して、自分で自分の病《やまい》は治しちゃうことが目標です！

会えてよかった。会いに来てよかった。候補の中では一番身体に合っていない世界だったけど、どうしてもここがよかった。

ねえ、一緒に見たストロベリームーンを覚えてる？　わたしもあなたも、きっと幸せになるんだよ。夏目漱石の言葉〝僕は死ぬまで進歩するつもりでいる〟。これをわたしは実践《じっせん》して生きていくつもり。

だから咲原くんも頑張って！　お兄さんがどうしても夢をあきらめきれなかったように、きっとあなたもいつか、そういう夢を見つけると思う。ありがとう。

村瀬真葉

真葉がこの世界にいない。もう真葉には二度と会えない。最初に手紙を読んだ時、理解した内容はただそれだけだった。

「嘘だって言え……」

俺の手の中で手紙がぐしゃぐしゃに握りつぶされていく。その手紙の上に水滴があとからあとから落ちてはしみを広げていく。

真葉。好きだ。

それがどうしようもないたったひとつの気持ちで、でももうどこにぶつけることもできない。この世界の他の誰かで代用ができるような、簡単な想いじゃないんだ。

もう二十歳《はたち》だから、真葉が初恋だなんて言わないし実際つき合った子もいた。

その誰にも持ったことがないほどの感情を、俺は真葉に、つき合ったわけでもない真葉に抱いた。性別が違うだけのもう一人の自分、そんな不可思議な感覚だった。

俺の傷を少しでも浅くしようと、真葉は手紙で俺の想いにも自分の想いにも触れていない。

でも今なら間違いなく断言できる。俺たちは両想いだった。それなのに始めることもできなかった恋心は、行き場を失い終わることもかなわない。

「真葉、真葉、真葉――――!!」

苦しくて、痛くて、泣いて咆哮《ほうこう》することしか俺にはできなかった。

ねえ、一緒に見たストロベリームーンを覚えてる？　わたしもあなたも、きっと幸せになるんだよ。

病気なんだろ？　そっちの世界で外を歩き回ることもできないんだろ？　なのにどうしてお前はそんなに前向きなんだよ？　強いんだよ？

真葉は、確かに最初から覚悟をしてこの世界に来たはずだ。だけどその潔《いさぎよ》ささえが、今の俺には憎かった。

# 16

真葉《まは》がこの世界から去ってから数カ月、俺はどうやって命をつなげていたのかよく思い出せない。

無駄に入りすぎる太陽光を避け、一日中カーテンを引いた薄暗い部屋の中で、憑《つ》かれたようにあの夏に撮った真葉の映画をテレビ画面で再生し続ける。

くるおしいほどに愛《いと》しい笑顔は、触れられる距離にありながら触れることはかなわない。それがどんなに心身をえぐる自虐的な行為か、わからないわけじゃなかった。女々《めめ》しすぎることだって充分承知している。でもやめられなかった。

あの頃の俺にとって、真葉のビデオを見ることだけが唯一、生きる意味だった。

真葉からの手紙を、何度も何度も何度も、それこそ折り目が破れてセロハンテープですべての線を留め直すほど読み返す。そんなことをしていた記憶しかない。

会いたい。会いたい。会いたい。このビデオに映る真葉に会いたい。

何度か頑張ってはみたものの、俺はついに大学に通うこともできなくなった。なぜなら大学には、俺が好きになった女の子に外見だけはそっくりの別人がいたからだ。

高熱を出す以前よりはおだやかになったらしいけど、やっぱり中身は真葉と似ても似つかない。

村瀬《むらせ》真葉はエッジを辞《や》め、今はまたもとの友だちと一緒に行動していると、雄吾《ゆうご》から聞いている。

木枯《こが》らしの吹く季節をほとんど部屋から出ずにすごした。

たまに強引に押しかける遼平《りょうへい》や孝輔《こうすけ》やナオ、雄吾たちは、何も問いただすことなくこの部屋でどんちゃん騒ぎをやって帰っていく。

ただ一言だけは必ず残していくのだ。

〝また一緒に撮ろうぜ。いつまでも待つからさ〟

あいつらは何も言わないけれど、遼平が指揮を取る新しい映画がクランクインになっていることを、俺は他の友だちから聞いて知っていた。

俺だけをひとり残して、季節は確実に動いていた。

茶色い桜の枯れ枝の下には、すでにつぼみがスタンバイし、静かに春を待っている。もう間もなくつぼみはほころび始め、みんな三年生になる。

久々に外出用のセーターに袖《そで》を通し、上から短い丈《たけ》のダッフルコートを着込み、いつも使っている黒いリュックを背負った。

スニーカーを履《は》いて玄関を出、鍵《かぎ》を締めると俺は大学に行くため、雑司ヶ谷《ぞうしがや》の駅に向かう。

真葉と訪れた廃校になった小学校は、今もあの時のままだった。

真夏のあの日。ベンチに二人並んで座り、スポーツドリンクを飲みながら校庭で走りまわる子供たちを眺めて気持ちのいい沈黙に浸《ひた》った。

真葉と引き離された更地《さらち》の脇をうつむきがちに抜ける時、俺は今でも涙がこぼれそうになり、唇に歯を立てる。

真葉が輝く命を謳歌《おうか》するように駆け抜けた雑司ヶ谷霊園。

いたるところに彼女の思い出がちりばめられた雑司ヶ谷を、俺は引き払うべきなんじゃないかと考えたこともあった。だけどそうしたくない気持ちの方がずっと強く、自分の中からあふれる想いにあらがう元気が今の俺にはなかった。

久しぶりに訪れる大学は、無情なほど真葉がいた頃と変わっていない。

ただ明るく生命力に満ちていた緑のイチョウ並木だけが、冬枯れて細い枝を幾筋も天に向けて突き上げていた。

大学の事務室に退学届けを提出すると、俺はラウンジに足を向けた。エッジの誰かがいるかな、と思ったのだ。

だがラウンジに行くまでもなく、エッジのメンバーの姿をとらえた。

学生の行き交うキャンパス内のイチョウ並木で、映画の撮影をやっていたのだ。休憩に入るところなのか、機材をまとめて遼平と雄吾と優子《ゆうこ》と、あとはエキストラらしい知らない女子がまとまって歩いてくる。

映画の撮影となると、あれ以来エッジに出ていない俺は気が引けて、カメラを回していた並木道まで出ていけず、なんとなく角にあったベンチに腰をおろした。

俺の座る場所のちょうど直角の位置で、並木道に平行して置かれたベンチのまわりにエッジメンバーは集まっているようだった。

「貴希《たかき》、マジで退学すんのかな」

雄吾の低く固い声が聞こえた。

「そうみたいだぞ。でもさすがになんか考えがあるんだろ」

「何がなんだかわかんないよな。真葉ちゃんが俺たちから離れていったことが、それほどショックだったのかな。今の真葉ちゃん……まあもとに戻っちゃったけどさ。つき合うとこまではいってなかったんだろ？」

「みたいだけど。俺、責任感じるわー。めっちゃたきつけたもんな。雄吾の忠告もぶっちぎってさ。だってあの二人お似合いだったじゃん？　まったく意味わかんねえよ」

「遼平のせいじゃないよ。大学辞《や》めてもエッジから籍を抜くことはしてないんだし、またいつか一緒に撮れる」

「でもさ。わたしたちもう来年就職活動始まるよ？　合間をぬって短いのがあと一本撮れるかどうかだし。心配だな、貴希。ほんとに真葉はどうしちゃったんだろ」

「優子は仲良くしてたもんな。でももともとからなー、俺たちと一緒にいるようなキャラとはちょっと違ってたんだよ」

「法学部でそういう噂《うわさ》だったらしいよね。聞いたことはあったけど、実際はお嬢様なのにちっともお金持ちぶらないいい子だったんだけどな。寂《さび》しいな」

俺は音をさせないようにベンチから立ち上がると、エッジのメンバーたちに背を向けた。ダッフルコートの襟《えり》をかき合わせると、枯葉を踏みしめ、並木道に出ない横道からその場を立ち去った。

カラスの物哀《ものがな》しい鳴き声が鈍色《にび》の夕空に拡散されていく。

◇◇◇

「ストップストップストップ！」

「なあに？　貴希」

「優子もっと真剣に走れ！　そんなたらたらした走り方じゃ必死さがにじみ出てないんだよ」

「もう、うるさいなあ。こっちはやーっと就活が終わってへとへとなんだよ？　のんきにまだ一年をやってる貴希とは違うんだよー。何？　スタート地点から撮り直しなの？」

「そう」

優子はぶつくさ文句をたれながらも、案外素直に走り出した場所に戻ってくれた。

就職活動お疲れ様なのに、卒業までの短い時間で、エッジの立ち上げメンバーみんなが映画を撮ろうという気持ちになってくれたことは、泣けるほど嬉しい。

早いな。冬枯れのキャンパスに退学届けを出しに行ってからもう二年が経《た》つ。

「みんな貴希が戻ってくれて嬉しいんだよ」

カメラを回す遼平が柄《がら》にもなく感慨《かんがい》深い声を出す。

「お前が就職決まったら、みんなもっと嬉しいと思うぞ」

「言わないでくれぇー。一年坊主のくせにー」

遼平はのけぞって吠《ほ》え、あやうくカメラを落としそうになった。

「人生遠回りだ、遼平」

「さらに遠回りな一年坊主に言われると説得力あって元気になる。ありがと貴希」

「なんかすでに自虐ネタだなー」

頭を掻きながら優子の向かったスタート地点に急ぐ。

遼平は教育学部なのに、就職活動をマスコミと映像関係ばかりに絞っていた。今年は就職活動に失敗してもいいから、納得できるところだけを受ける選択をしたらしい。

その結果来年の再チャレンジが決定してしまった遼平が、まだエッジに残ることは俺としては嬉しいし何より心強い。就活とスキルアップが忙しくて、事実上は名前だけだろうけど、相談くらいはできる。

エッジは始めた当初はゼロだった別学年、つまり下級生が大幅に増え、中規模サークル程度にまでは成長してきた。

初期のメンバーで撮った椿《つばき》ＡＢの話が人を呼んでくれたのだ。

遼平以外の初期メンバー、雄吾も孝輔もナオも優子もかすみもすでに内定が出て、卒業記念制作と称して、短い映画を今撮っている。

「じゃあまた明日なー」

「貴希くんだけキャンパスが変わっちゃって大変だよね」

かすみが気遣《きづか》うように唇を尖《とが》らせる。

「近い近い。雄吾とやってたモルゲンの公園のすぐ近くだもん。理工って」

「そうなんだ？　学部が違うとそんなに近いキャンパスでも行かないもんだよね」

まあそうかもな、と思う。

映画を撮るためにもといたキャンパスまで来ていた俺は、あの頃と同じように、南門に向かうみんなに手を振り北門に向かう。

都電荒川《あらかわ》線の中で次のレポート準備のために携帯で資料を読んでいたら、雑司ヶ谷を通り越してしまった。そう気づくと無性にあの夏、自転車を走らせるロケをした遊歩道の風景が見たくなった。

春の気配が近いとはいえまだ冬だ。あの夏の風景とは違うとわかってはいた。それでも俺は一度下りて雑司ヶ谷方面の電車に乗り換えることをしなかった。

王子《おうじ》の醸造試験所跡地公園の遊歩道で、茶色い枝が方々に伸びる桜並木を眺めていると、真葉のくしゃっとした笑顔もぬくもりも、まだ鮮明に覚えていることをつきつけられる。

真葉がこの世界から消えてから、二年が過ぎた。引き裂かれた心をひきずって退学届けを出しに来たあの季節が、また巡ってきていた。

大学を退学した俺は一年間の受験勉強の末、同じ大学の先進理工学部の応用物理学科に入学をしなおした。

現役の時はセンター試験も受けていたから、理系にまったく通じていないわけじゃなかったけれど、かなり苦しかったのが本音だ。

でも、あの頃の俺には、生き抜くために一心不乱に何かに打ち込む必要があった。

理系に転向する。

法学部を辞め、真葉を探すために少しでも役にたちそうな学部学科に移ることは、表層的には前向きに見えても実はまったくの逆。後ろ向きも後ろ向き、現実を背後に猛ダッシュで逃げまくった結果でしかない。

俺は、真葉に二度と会えないという受け入れがたい事実から、逃避し続けているにすぎない。

それでも二年が経って、多少冷静に自分の行動を振り返ることができる今になっても、間違ったことをしたと悔いる意識は極端に薄い。正しいかどうかは、正直答えがないような気がするのだ。

先進理工学部応用物理学科への挑戦。それなくして自分があの時期を乗り越えられたとは思えない。

そして思いもよらず、兄貴の気持ちが痛いほど理解できるようになってしまった。もう一度真葉に会いたい。これが譲れない夢と呼べるものかどうかは別にして、この感情が今、俺を生かしている。

家業を継ぐつもりだったのに、やっていることは兄貴と同じだった。

親に家業を継げない、と打ち明けたら、もともと〝兄貴に出ていかれてかわいそう〟なんて理由で継げるほど甘い仕事は世の中にないんだばかやろー、と一喝された。怒っているのに、親父はどこか嬉しそうな表情をしていた。

真葉、ごめんな。俺の未来のため、俺の心に傷をつけないため、最後の日までどうにか自分の気持ちを封じ込めようとしていた。失敗したけどな。

奨学金を組んでまで、二十二でまだ大学一年生をやっている。こんな将来の展望が見えない無茶を、きっと彼女は望んでいないだろう。

遊歩道から離れ、あの日真葉を送った王子駅へ向かう道筋にある橋の欄干《らんかん》に、両腕を組んで乗せてよりかかり、水の涸《か》れた小川のある細長い公園を見下ろす。

こんな寒い日でも小学生が何人か遊んでいた。小川沿いに道が伸び、駅まで通じているから、ここを遊歩道として使う大人も少なくない。

何を考えるでもなく、春を待つ公園をたぶん数十分は眺めおろしていた。さすがに寒くなってきて、帰ろうと欄干から身体を起こした。

その時、橋の上で制服を着た小柄な男子が、グレーの作業服姿の四人に取り囲まれてへたりこんでいるのが目に飛び込んできた。身体に合わない大きすぎる制服だから、たぶん中学一年生くらいだろう。

冬の澄んだ西陽にさらされ、グレーの作業着は銀色に輝いて見えた。

声をかけたほうがいいかな、と考えたところで、俺はなぜか強烈な既視《きし》感に襲われて身動きが取れなくなった。

俺が固まっている間にも事態は動き、別に心配することじゃないとすぐにわかった。

どうやら作業着姿の一人が携帯画面に視線を落としながら歩いていて、その男子中学生にまともにぶつかってしまったらしい。一番年長に見える男性が、携帯を手にした若い作業員に、けっこうな大きさの声で叱《しか》りつけているのが聞こえてきたのだ。

他の作業員は男子中学生を立ち上がらせ、身体についた砂を払ってあげていた。けがはなかったようで、謝る若い作業員に対して男子中学生も頭を下げ返しながら去っていった。

男子中学生を取り囲む銀色に輝く服の男たち。声をかけたほうがいいかどうか一瞬迷う。いつだったか、これと似たようなことがあった。

真葉……。

きりきりと音がするほど集中して脳の海馬《かいば》を総ざらいし、俺はひとつの記憶を拾い上げた。

栃木《とちぎ》からオープンキャンパスのために出てきた高校二年の夏、俺は銀色の宇宙服のようなものを着たやつらに囲まれた中学生男子を助けたことがある。

入学してから、あれはコスプレサークルの仮装だと勝手に思っていたけど、そうではなかったのだ。

あれは、あの中学生は、きっと真葉だった。

男子の服を着て、髪は短く刈り込み、こっちの世界の村瀬真葉に会ってもいいように変装していたのだ。身体が小さく、とても男子高校生には見えなかったから、俺はてっきり近所の中坊が遊びに来ているものだとばかり思っていた。

どの世界が適しているのか下見に来た研究者や関係者数人と、この世界ではあの銀色の奇妙な服なしでいられる真葉の組み合わせだったんだろう。

ずっと心にひっかかっていた。自分の世界に帰る直前に雑司ヶ谷の更地で話した時、真葉は確かに言ったのだ。

〝好きになった、じゃなくて、好きだったんだよ最初から〟

真葉の手紙にあった〝会えてよかった。会いに来てよかった〟の言葉。

真葉は許可された世界の中で一番苦しいと思われるこの世界を、俺がいる、という理由で選んでくれたのだ。

「ありがとう、真葉」

君がこの世界を選んでくれたから、君に会うことができたよ。自分の世界の百年に匹敵する半年だった、と言ってくれた君だけど、俺にとってもそうだよ。

見上げると暮れていく空に、夜間飛行の飛行機がチカリと光って消えていった。どこか違う世界へ飛んでいったかのように思える。

君は怖がった雑司ヶ谷のY字路だけど、あの道のように、いつか君の世界への扉が開き、一度離れても道はつながるといいよね。

約束のない人を待つのは、くるおしいくらいに愛おしく切ない。

真葉を失った直後、喉《のど》がふさがれたような苦しみの日々からそれなりに月日は経ったはずなのに、まだこんなに簡単に目頭《めがしら》が熱くなる。

おかしな嗚咽《おえつ》が漏《も》れないよう、てのひらで口を覆《おお》い、ゆっくり深呼吸をする。

遠い世界にいる君が、今、この瞬間、少しでも多くの幸せを感じていますように。

群青《ぐんじょう》色の空には薄い色の満月が、優しい光を放っていた。

Ｆｉｎ．

※この作品はフィクションです。実在の人物・団体・事件などにはいっさい関係ありません。

集英社オレンジ文庫をお買い上げいただき、ありがとうございます。
ご意見・ご感想をお待ちしております。

● あて先
〒101-8050　東京都千代田区一ツ橋2-5-10
集英社オレンジ文庫編集部 気付
くらゆいあゆ先生

# 世界、それはすべて君のせい

集英社
オレンジ文庫

2017年4月25日　第1刷発行
2017年6月30日　第2刷発行

著　者　くらゆいあゆ
発行者　北畠輝幸
発行所　株式会社集英社
〒101-8050東京都千代田区一ツ橋2-5-10
電話【編集部】03-3230-6352
【読者係】03-3230-6080
【販売部】03-3230-6393（書店専用）
印刷所　図書印刷株式会社

※定価はカバーに表示してあります


ISBN 978-4-08-680130-0 C0193